Menschensohn

- oder Gott?

Brigitte Welters

Menschensohn

- oder Gott?

Bibliografische Information der Deutschen Nationalbibliothek:
Die Deutsche Nationalbibliothek verzeichnet diese Publikation in der
Deutschen Nationalbibliografie; detaillierte bibliografische Daten sind
im Internet über http://dnb.dnb.de abrufbar.

© 2024 Brigitte Welters

Herstellung und Verlag: BoD – Books on Demand, Norderstedt

ISBN: 978-3-7597-4875-1

INHALT

EINLEITUNG

Nach der Wortbedeutung ist ein Menschensohn nichts anderes als ein Mann. In der Apokalyptik ist das Wort eine mythische Bezeichnung. Das geht zurück auf eine Vision des Propheten Daniel. Er hatte eine himmlische Erscheinung, die einem Menschen glich. In den Evangelien sieht man diese Gestalt in Jesus, der in der Offenbarung des Johannes als Weltenrichter erscheint.

Daniel war ein junger Mann der jüdischen Oberschicht, den König Nebukadnezar zur Zeit der babylonischen Gefangenschaft Israels an seinen Hof holte, wo er gemeinsam mit anderen jungen Leuten ausgebildet wurde. Daniel gab seinen Glauben nicht auf, obwohl es von ihm erwartet wurde. Er hielt an seinem Gott fest.

Jesus war kein Religionsstifter. Davon wollte er die Menschheit befreien und sie in die Gotteskindschaft zurückführen. Er sprach von sich als Menschensohn, wenn er den Bezug zu seiner himmlischen Herkunft herstellen wollte und vermied die ebenso richtige Bezeichnung Gottessohn.

DANIEL

Daniel wurde aus der Heimat geraubt,
hat aber weiter an Gott geglaubt.
Er war lernbegierig und voll Zuversicht.
Er tat auch immer seine Pflicht.

Gott gab ihm Weisheit und Verstand,
hielt über ihn seine Hand,
schützte ihn vor bösen Intrigen.
Gott allein wird am Ende siegen.

Gott gab Daniel das Talent,
dass er die Bedeutung der Träume kennt
des Königs. In einer eigenen Vision
zeigte Gott ihm dann den Menschensohn.

DER MENSCH

Je nach dem, wen man fragt, ist der Mensch die höchste Entwicklungsstufe der Evolution oder die Krone der Schöpfung. Beides bedeutet, dass es vor ihm etwas gab, das durch seine Entstehung abgeschlossen wurde. Dann konnte Neues beginnen oder es entwickelt sich weiter, weil nichts auf der Erde vollkommen ist. Vollkommenheit braucht wie alles ein Gegenüber.

Die heutige Weltbevölkerung ist vielfacher als am Anfang, als die ersten Menschen sich ihrer Einzigartigkeit bewusst wurden. Sie pflanzten sich fort, erkannten einen ewigen Kreislauf und müssen Anfang und Ende des eigenen Lebens akzeptieren.

Ohne Anfang und ohne Ende ist nur die Ewigkeit als geschlossener Kreis im göttlichen Licht der Liebe. Der allmächtige Gott ist das Gegenteil vom Nichts und von der Finsternis. Er machte die Zeit zum Gegenpol der Ewigkeit und ordnete das Chaos, das vielleicht durch den Urknall entstand, von dem niemand sicher sagen kann, ob es ihn gab und was da explodierte.

Wie und wodurch entstanden das Leben und die Erde? Warum ist die Lebenszeit des Einzelnen begrenzt? „Im Anfang schuf Gott Himmel und Erde", beginnt der biblische Bericht. Davor war nichts als Finsternis. Über der Urflut schwebte Gottes Geist und Gott sprach: „Es werde Licht".

Es folgen zwei unterschiedliche Berichte, die sich zu widersprechen scheinen. Es heißt, am sechsten Tag **erschuf** Gott als letztes den Menschen nach seinem Bilde als **Mann und Frau**. Er segnete sie und trug ihnen auf: *Seid fruchtbar und mehret euch*. Dann übergab er ihnen die ganze Erde und machte sie zu deren Verwalter. Gott fand, dass alles sehr gut gelungen sei und erklärte den siebten Tag zum heraus gehobenen, heiligen Ruhetag. Sieben ist die Zahl der Vollendung, eine Schlüsselzahl zwischen Himmel und Erde.

In der weiteren Geschichte formte Gott den Menschen aus Erde vom Ackerboden und blies ihm seinen Lebensatem in die Nase. Er schuf den Garten Eden mit herrlichen Pflanzen und Bäumen, setzte den Menschen hinein und erkannte: Es ist nicht gut, dass **der Mensch allein** bleibt. Wo war die Frau geblieben, die er doch vorher schon erschaffen hatte?

Als Erklärung erfand man ein sehr unwahrscheinliches Märchen. Die erste Frau Adams soll Lilith gewesen sein, die ihn verließ. Als Gott nach dem Ruhetag sein Werk noch einmal betrachtete, war Adam also allein. Unter allen Geschöpfen wurde keine Partnerin für ihn gefunden. Deshalb formte Gott aus

einem Teil von Adam Eva und gebot dem Paar noch
einmal: „Seid fruchtbar und mehret euch." Lilith
kam angeblich als Schlange zurück und verführte
Eva zum Ungehorsam. Wollte sie Adam zurückge-
winnen? Gott verfluchte sie daraufhin. In der Bibel
im Buch Jesaja wird Lilith als Nachtgespenst im ver-
wüsteten Edom erwähnt.

Ich kannte die Bibel noch nicht, als mir als Kind auf-
fiel, Männer haben Brustwarzen aber keine Brüste
wie Frauen. Meine Schlussfolgerung war, der erste
Mensch müsse beides in einem gewesen sein. Dann
hätten sich Männer und Frauen auseinanderentwi-
ckelt, weil nicht alle stillen wollten.

Die augenblicklich moderne Gender- und Queer-
denker-Szene scheint von einer Umkehrung meiner
kindlichen Theorie auszugehen. Jeder kann angeblich selbst bestimmen, was er sein will. Doch die
Mehrheit der Menschen ist nicht sowohl als auch.
Das biologische Geschlecht ist männlich **oder** weib-

lich. Wie sich der einzelne fühlt und verhält, ist davon unabhängig. Kinder zeugen und gebären kann jedenfalls nicht jeder, der es möchte, sondern nur, wer die entsprechenden Organe hat.

Die Schöpfungsgeschichte in der Bibel besteht aus zwei Teilen. Sie beginnt in der Ewigkeit mit einer Übersicht über Dauer und Ablauf in sechs Abschnitten. Es ist zwar von Tagen die Rede, doch sie entsprechen nicht unserer Zeitrechnung, die es noch nicht gab.

Zuerst schuf Gott das Licht und trennte es von der Finsternis. So entstanden Tag und Nacht. Dann umgab er den Erdball mit der Atmosphäre und nannte sie Himmel. Er schied das trockene Land von den Wassermassen, damit sich auf der Erde die Natur mit Gras, Kraut und Bäumen entwickeln konnte. Dann war das Weltall dran. Gott schuf Sonne, Mond und Sterne, und nun konnte es die Zeit, wie wir sie kennen, geben.

Noch fehlte das eigentliche Leben. Damit begann Gott am fünften Tag, indem er das Meer mit Fischen und die Luft mit Vögeln bevölkerte. Als letztes bekam auch die inzwischen begrünte Erde ihre Bewohner. Das war am sechsten Schöpfungstag. Dann folgte der Ruhetag.

Nach der jüdischen Religion beginnt ein Tag am Vorabend nach Sonnenuntergang, denn bevor Gott sprach *es werde Licht,* war es finster. Die Zeit wurde in Tagesstunden und Nachtwachen eingeteilt. Unsere Zeitrechnung berücksichtigt die wechselnde Tageslänge der Jahreszeiten und lässt jeden Tag um Mitternacht beginnen, ebenfalls in der Finsternis. Wir zählen die Stunden durchgehend von null bis vierundzwanzig Uhr.

Der zweite Teil der Schöpfungsgeschichte ergänzt Einzelheiten. Nachdem Land und Meer getrennt waren, stieg aus der Erde Feuchtigkeit auf. Es wurde neblig und Gottes Saat keimte im Boden. Weil die Wärme der Sonne fehlte, konnten sich keine Regenwolken bilden. Gott war noch nicht fertig. Während sich die Pflanzen in der Natur entwickelten, widmete er sich der Erschaffung des Sternenhimmels, der Zeit und der Tierwelt. Es waren sehr viele unterschiedliche Arten. Er fand, dass durch sein Wort alles gut gelungen war.

Gott wünschte sich aber Partner, mit denen gemeinsam er sich um die Schöpfung kümmern wollte. Er berührte den Ackerboden und formte eine Gestalt aus Erde. Durch seinen göttlichen Atem wurde es eine lebendige Seele mit Geist. Das Wesen war Gott ähnlich, konnte mit ihm sprechen, denken, fühlen und planen. Der erste Mensch hatte das Licht der Welt erblickt und war eine Einheit aus Körper, Seele und Geist. Gott setzte ihn in einen wunderschönen Garten. Dort sollte er sich vermehren und später über die ganze Erde ausbreiten. Doch dazu durfte er nicht allein bleiben.

Also ließ Gott ihn in einen tiefen Schlaf fallen und teilte ihn in Mann und Frau. Er klonte ihn gewissermaßen, denn er wollte keine verschiedenen Rassen wie bei den Tieren. Darauf achtete er auch später, als Luzifers Engel sich mit den Töchtern der Menschen verbanden. Die Nachkommen blieben gottähnliche Menschen, unabhängig von ihrem Aussehen, seine geliebten Kinder.

Jeder Mensch ist ein Unikat wie Gott. Alle sind völlig gleichwertig. Adam war glücklich, als er erwachte und Eva sah. Sie sollten Freude aneinander haben, sich gemeinsam fortpflanzen, den herrlichen Garten genießen und jeden siebten Tag mit Gott gemeinsam feiern. Der sechste Tag endete mit Gottes Feststellung, dass nun alles sehr gut sei. Leider dauerte der paradiesische Zustand nur bis die Schlange erschien.

Gott war nicht allein, als er sagte „lasst **uns** Menschen machen". Er meinte nicht die Engel, von denen später in der Heiligen Schrift erzählt wird, sondern das Wort, das er selbst ist, also den Logos, der später Mensch wurde als Jesus Christus, sowie Sophia, die Weisheit, Gottes weibliche Seite, Partnerin des Logos. Heute sprechen wir von Dreieinigkeit: Vater, Sohn und Heiliger Geist. Dabei wird die weibliche Seite leider ausgeklammert, inzwischen deshalb gern Geistkraft genannt.

Der Erzengel Luzifer, Engel des Lichts, war eifersüchtig. Er wäre gern Gott gleichgestellt an seiner Seite gewesen wie das Wort und die Weisheit. Die Menschen waren eine unerwünschte Konkurrenz. Sie stehen Gott näher als die Engel. Luzifer überlegte nicht lange. Er bedachte nicht, dass er sich selbst schaden könnte, und erschien im Garten Eden als Schlange. Die Menschen waren noch ohne Argwohn. Durch Lügen würde er sie von Gott trennen. Doch dann blieb nicht nur den Menschen, sondern auch ihm der Himmel verschlossen. Er wurde von Gott verflucht und Herr der Finsternis, der die Menschen bis heute täuscht.

Als die Schlange fragte: „Sollte Gott wirklich gesagt haben?" kamen Eva Zweifel. Vielleicht hatten sie ihn falsch verstanden? Adam hätte einwenden müssen: „Lass uns mit Gott darüber sprechen, was richtig ist." Doch er sagte nichts, nahm die ihm angebotene Frucht und gab später Eva und Gott selbst die Schuld für seinen Ungehorsam.

Damit war das Paradies verloren und die Angst geboren. Gott wurde gegenüber der irdischen Welt unsichtbar. Er bekleidete seine Kinder und gab ihnen Hinweise für ihr künftiges Leben auf der Erde, das schwer werden würde. Sie mussten alles selbst gestalten und haben bis heute die alleinige Verantwortung für ihr Handeln.

Gottes Segen gegenüber steht der Fluch der Gottesferne. Das irdische Leben ist begrenzt. Der Zugang zum Baum des Lebens ist versperrt. Jede Generation muss seither sterben. Eva wird ihre Kinder mit Schmerzen gebären, erhielt aber die Zusage, einer ihrer Nachkommen werde Tod und Teufel eines Tages besiegen.

***

Gott hatte den Menschen mit vielen kreativen Fähigkeiten ausgestattet, die ihm natürlich blieben. Ebenso behielt er die Freiheit, alle persönlichen Talente unabhängig vom biologischen Geschlecht zu entfalten und freie Entscheidungen zu treffen.

Eine unbeschränkte Freiheit ist so gefährlich wie eine Brücke ohne Geländer über einen tosenden Fluss. Nur wenige wagen es, sie ohne Angst zu betreten. Man braucht einen Halt. Auch Freiheit braucht eine Begrenzung. Die hat Gott für das menschliche Miteinander gegeben, doch sie wird als Gängelung abgelehnt.

Nun regiert die Angst die Welt. Wir versuchen sie zu verdrängen, doch sie sitzt tief. Wenn Gott einen Menschen anspricht oder Engel sendet, ist der erste Satz deshalb: „Fürchte dich nicht." Jesus sagte seinen Jüngern vor 2000 Jahren: „In der Welt habt ihr Angst, aber ich habe die Welt überwunden."

Die Menschen haben Sehnsucht nach der vierten Dimension, wenn die unsichtbare Welt auch selten so genannt wird. Sie suchen nach dem Sinn des Lebens, fürchten sich aber davor, von Gott gefunden zu werden. Ihre Schuld ist ihnen bewusst. Deshalb verleugnen sie Gott. Sie sind wie ein Kleinkind, das sich die Augen zuhält, um nicht gesehen zu werden.

Ihre Vermutung, Gott lebe über den Wolken, verwies die Menschen schon sehr früh an den Sternenhimmel. Die älteste Wissenschaft bezog sich wohl auf die Erforschung der Sterne. Am Tag spendet die Sonne Licht und Wärme, nachts zeigt sich der Mond, begleitet von unzähligen Sternen, die als Wegweiser dienen. Wenn man sie länger betrachtet, erkennt man verschiedene Bilder, die sich verändern. Haben sie vielleicht eine Botschaft von Gott? Man zeichnete Veränderungen auf und sah in ihnen Voraussagen für die Zukunft. Noch heute glauben viele Menschen, die Sterne würden ihr Leben bestimmen. Das ist nicht ihre Aufgabe, doch Gott kann sich ihrer bedienen, wenn er es will.

Gott blieb seinen Kindern gegenüber nie stumm, nur unsichtbar. Gegen seinen Widersacher, der ihn und die Menschen herausfordert, unternahm er lange nichts. Die Zeit war noch nicht gekommen. Um sich **ent**scheiden zu können, muss man Gut und Böse **unter**scheiden, also braucht die Welt Gott **und** seinen Widersacher.

Nachdem die Menschen lesen und schreiben gelernt hatten, forderte Gott zu verschiedenen Zeiten einige Personen auf, sein Wort für kommende Generationen festzuhalten. Sein guter Plan mit den Menschen sollte nicht geheim sein. Sie wissen, dass es um sie her gute und böse Mächte gibt, doch sie überhören die leise Stimme Gottes gern. Wir können seine Worte deshalb jederzeit nachlesen.

Gott vergaß sein Versprechen an Eva nicht. Die Erfüllung sollte der ganzen Welt dienen und mit ihr ein neues Zeitalter anbrechen. Das ließ er wiederholt durch Propheten voraussagen. Dazu nutzte er auch die Sternzeichen.

Eines Tages erblickten babylonische Sterndeuter eine viele Jahrhunderte früher vorausgesagte Stellung der Sterne, die die Geburt eines besonderen Königs in Juda ankündigen sollte. Die weisen Männer machten sich also auf eine lange Reise nach Israel. Im Königshaus wurde kein Kind erwartet.

Die Sterndeuter fanden ein Kleinkind in Bethlehem und übergaben ihre Geschenke. Ein Traum verbot ihnen, den jüdischen König zu informieren, da dieser das Kind töten wolle. Herodes hatte von den Prophezeiungen in den Heiligen Schriften erfahren und fühlte sein Königtum in Gefahr. Ob den Weisen bewusst war, welches Wunder sie gerade erlebten, ist nicht bekannt. Sie kehrten in ihre Heimat zurück.

In diesem Kind war Gott Mensch geworden, um Luzifer zu besiegen. Er schaltete ihn aber nicht aus. Der allmächtige Gott kann sich selbst nicht untreu werden. Er kann deshalb nicht lügen und seine Entscheidungen nicht zurücknehmen. Er ließ das Böse weiter zu, weil Entscheidungsfreiheit einseitig nicht funktioniert.

Freiheit, sich für oder gegen etwas zu entscheiden, setzt eine Alternative voraus. Alles hat eine Rückseite, ein Gegenüber, oben und unten. Die ganze Schöpfung beruht auf Gegensätzen in einem großen Kreis. Der Eintritt ins irdische Leben ist die Geburt, der Austritt erfolgt in der Sterbestunde. Der Lebenskreis ist damit vollendet. Zur Freude gehört die Trauer, zum Lachen das Weinen. Licht und Finsternis zeigen sich in Tag und Nacht. Die sichtbare Welt ergänzt die unsichtbare mit Gott und seinem Widersacher. Der Liebe steht der Hass gegenüber, der weltweit Kriege auslöst. Viele sehr gute Erfindungen der Menschen werden leider viel zu oft als Waffen missbraucht.

Die Liebe allein ist die Lösung aller Probleme und Grundlage von Gottes Heilsplan. Er kann von seinen Menschenkindern angenommen oder abgelehnt werden. Jeder einzelne Mensch kann sich gegen Gott und damit für dessen Feind entscheiden. Darauf vertraut Luzifer, sät Zweifel an Gottes Wort und fügt hinzu: „Ihr werdet sein wie Gott", heute wie damals, als das Leben im geschützten Garten begann. Da der Mensch das einzige Verbot missachtete, befindet er sich im freien Fall in die Gottesferne. Diese Entscheidung konnte Gott nicht verhindern. Doch er spannte ein Rettungsseil in die nicht mehr unbegrenzte Lebenszeit. Jeder Mensch soll die Möglichkeit haben, sich für die Rückkehr zu Gott in die Liebe zu entscheiden.

Sexualität

Die männliche Phantasie sah ihn allein in der Rolle des gottgleichen Menschen. Die Frau wurde danach zur Befriedigung seiner Bedürfnisse geschaffen, als seine Untergebene auf jedem Gebiet. Eva war einerseits ein leicht verführbares Mädchen, das dem Mann zum Verhängnis wird, andererseits braucht er sie als Hausfrau und Mutter seiner Kinder, Lilith und Eva in einer Person.

In Verhaltensregeln wurden junge Männer vor den Listen schöner Frauen gewarnt. Sie wurden an tugendhafte Mädchen verwiesen. Die sollten sie in Besitz nehmen, gut hüten und beherrschen. Die doppelte Moral der Männer vergiftet die Welt bis heute.

Sexualität ist nicht mehr Teil der Liebe, wie von Gott vorgesehen. Sie gilt als Verführungswaffe des „bösen Weibes" und der Trieb des Mannes dient der Machtdemonstration, wurde sogar zur Kriegswaffe.

Die falsche Einstellung zur Sexualität und ihr Missbrauch sind keine Zeiterscheinung, sondern Folge des sogenannten Sündenfalls. Gott wollte eine enge Beziehung zwischen zwei Personen, die durch Liebe und Sexualität entsteht. Da sie sich vermehren sollten, war diese Verbindung wichtig.

Doch Luzifer zog die Sexualität in die Dunkelheit und machte sie zum Tabu-Thema. Gott erkannte Adams Willen zum Herrschen und wies Eva darauf hin. Er vertraute ihrer Klugheit, mit der er sie ausgestattet hatte.

Um Lustgefühle bei Frauen zu verhindern und sie zu gefügigen Gebärerinnen zu machen, erfanden „religiöse" Männer die weibliche Beschneidung. Sie ist in vielen Kulturen eine tief verankerte und grausame

Tradition geworden. Sie ist nicht vergleichbar mit männlicher Beschneidung.

Die Mädchen leiden nicht nur bei der Prozedur schreckliche Qualen, sondern meist ihr Leben lang. Obwohl sie in fast allen Ländern verboten ist, wird befürchtet, dass weiterhin in jedem Jahr drei Millionen Mädchen diese Misshandlung erleiden müssen. Die UN-Menschenrechtskommission hat den 6. Februar zum internationalen Tag gegen die Verstümmelung der weiblichen Genitalien erklärt. Es muss endlich ins Bewusstsein aller Menschen eindringen, dass es eine sehr schwere Verletzung eines Menschenrechts ist. Sie verstößt in schlimmster Weise gegen Gottes Absicht und sein Gebot.

Frauen und Mädchen galten durch Luzifers Einflüsterungen auch bei uns als sexuell neugierig. Ich erinnere mich, dass vom sexuellen Märchenalter gesprochen wurde bei Mädchen im Vorschulalter und in der Pubertät. Die Kleinen würden sich mit eindeutiger Pose ihrem Vater oder einem Onkel nähern und ihn heiraten wollen, die Pubertierenden damit ihre Lehrer in Schwierigkeiten bringen. Ich kann mich nicht erinnern, je so etwas gedacht zu haben. Allerdings waren die Männer in meiner

Kleinkindzeit im Krieg. In der Schule hatte ich später überwiegend Lehrerinnen. Lehrer waren alt und meist kriegsversehrt.

Als Jugendliche hörte ich einen jungen Mann zu einem anderen sagen: „Bei der kannst du es versuchen. Die lässt dich bestimmt ran. Die ist geschieden. Da kannst du nichts kaputt machen."

Dann las ich in einem Aufklärungsbuch, Sexualität wäre für Frauen eine eheliche Pflicht. Sollten sie dabei irgendwelche Lustgefühle verspüren, dürften sie die nicht zeigen. Eigenes Begehren weise sie als Hure aus. Mädchen mit sexuellen Erfahrungen galten als Freiwild für jeden Mann. Ehefähig waren nur unberührte Frauen. Diese Auffassung vertrat auch mein

Ehemann Anfang der 1960er Jahre. Er hatte zwar schon mehrere Liebschaften gehabt, war aber stolz darauf, nur mit Mädchen geschlafen zu haben, die nicht mehr unberührt waren. Er hatte sich also nichts vorzuwerfen.

Leider sah auch die Kirche in der verbotenen Frucht am Baum der Erkenntnis aus unerfindlichen Gründen die weibliche Sexualität. Sie war im Paradies nicht verboten. Doch die Männer der Kirche wollten herrschen. Frauen als Konkurrenz waren nicht erwünscht und wurden mit Gründen klein gehalten, die man als Gottes Wort ausgab. Gott galt als Mann und nur der Mann konnte ihm folglich ähnlich sein mit dem Trieb als Machtsymbol.

Aus dieser Sicht verstehe ich den Zusammenhang mit den sexuellen Vergehen in christlichen Kirchen, Sportvereinen, anderen Organisationen und den Missbrauch Abhängiger am Arbeitsplatz. Seit endlich jemand den Mut hatte, es öffentlich zu machen, ist die Empörung groß. An der Machtfrage ändert sich jedoch wenig.

Viele der damaligen Täter sind längst gestorben, die Opfer Rentner. Der angerichtete Schaden kann nicht wieder gutgemacht werden. Trotzdem ist eine Aufarbeitung unbedingt erforderlich. Es muss ein allgemeines Umdenken und Umkehr vom falschen Weg erfolgen. Der Skandal, dass „gute Christen" die christliche Lehre derart in Verruf brachten, ist Verrat an Gott. Alles, was den Schwächsten geschieht, wird Gott angetan.

Vor Unmoral und sexuellen Ausschweifungen jeder Art wurde von den Aposteln ebenso gewarnt wie vor Irrlehren und Götzendienst. Der menschliche Trieb ohne Liebe ist eine Versuchung des Feindes, der es zu widerstehen gilt. Unzucht bedeutet immer Untreue gegen Gott. Kein Unzüchtiger hat ein Erbteil am Reich Gottes. Doch Gott ist langmütig. Noch ruft er seine sündigen Kinder und auch die Kirche zur Umkehr.

Leider glauben nur noch wenige daran, was ihre frühen Vorfahren aus der Urquelle erfuhren. Sie hatten Jesus noch persönlich gekannt, seine Reden gehört, seine Taten der Barmherzigkeit miterlebt. Mindestens fünfhundert seiner Anhänger sahen ihn nach seiner Auferstehung gleichzeitig, damit sie von ihm zeugen konnten. Der Apostel Paulus berichtete davon. Er war ihr ärgster Feind bis Jesus ihn persönlich berief.

Um was es sich bei der verbotenen Frucht im Garten Eden tatsächlich handelte, wird in der Bibel nicht gesagt. Die Schlange verführte das erste Menschenpaar zum Ungehorsam gegen Gott und weckt bis heute Zweifel „Sollte Gott gesagt haben?" Dieser Frage sollte man immer nachspüren. Es ging niemals ums Essen oder die Sexualität. Beides wird mit

„sündigen" verbunden. Sünde ist der Abgrund zwischen den Welten, die Trennung von Gott.

Die Sexualität gab Gott den Menschen als Liebeszeichen, um Mann und Frau glücklich zu machen, beide gleichermaßen. Der Mann aber will besitzen und beherrschen. Das Verhalten vieler Männer lässt leider vermuten, dass sie nicht in der Lage sind, sich selbst zu beherrschen und Verantwortung für sich und andere zu übernehmen.

Adam sah in der Frau die Schuldige und schob den Grund für seine Schwäche Gott zu. „Die Frau, die du mir gabst, verführte mich", sagte er. Der „gottgleiche" Mann" fühlte sich der Frau unterlegen und will sie deshalb mit allen Mitteln bekämpfen und beherrschen. Im menschlichen Miteinander sollten aber immer das Einvernehmen, die Partnerschaft auf Augenhöhe, zählen.

Die Verhaltensforschung bei Tieren ergab, dass Alpha-Tiere immer an der Spitze, Omega-Hühner am Ende der Hackordnung im Hühnerhof stehen. Menschen sind aber keine Tierrasse und Frauen keine Hühner. Es auf Menschen zu übertragen, ergibt wenig Sinn. Auch die unterschiedlichen Tierarten haben verschiedene Verhaltensweisen, und Menschen sind Individuen, unabhängig vom Geschlecht.

Zu allen Zeiten gab es Frauen, die sich ihrer selbst in Gott bewusst waren, sich gegen die Männer behaupteten und selbst Regierungsfunktionen ausübten. Das war nicht nur so in den Völkern, die sich im Laufe der Zeit eigene Götter geschaffen hatten. Auch der wahre Gott bevorzugt Frauen, wenn es um wirklich wichtige Dinge geht. Derartige Geschichten werden auch in der Bibel erzählt.

Für seine eigene Menschwerdung brauchte Gott eine Frau und wusste, wie die Menschen reagieren würden. Um Maria nicht um ihren guten Ruf zu bringen, gab er ihr einen Ehemann als Vater für weitere Kinder, um die Heiligkeit von Ehe und Familie zu betonen. Als menschgewordener Gott begegnete Jesus Frauen auf Augenhöhe, egal, welchen Stand man ihnen zuerkannte. Alle Menschen sind gleichwertig und gleichberechtigt. Leider setzte sich dies auch unter Christen nicht durch.

In der Französischen Revolution gingen Frauen zwar ebenfalls auf die Barrikaden, erwarben aber keine Rechte. In der Erklärung der Bürgerrechte waren Frauen ausgenommen. Der Anspruch „alle Menschen sind gleich" wurde eingeschränkt: „nur Frauen sind anders". Als eine Frau es 1791 wagte, eine Erklärung der Rechte der Bürgerinnen zu veröffentlichen, wurde sie aufs Schafott gezerrt. Rousseau, Wegbereiter der Revolution, hatte für Frauen ausschließlich eine dienende Rolle vorgesehen. Die Frau müsse den Männern gefallen, ihnen nützlich sein und ihnen das Leben angenehm machen und versüßen.

***

Frauenverachtung ist häufig Teil von Religionen. Jesus Christus lehrte das Gegenteil und rief den Zorn der Herrschenden hervor. Seine Anhänger vergaßen seine Auffassung von Gleichberechtigung, als sie selbst nach der Macht griffen.

Die Schlange gilt als Symbol des Bösen und weiblich. Jesus gab ihr eine andere Bedeutung. Er sagte: "Seid klug wie die Schlangen" und meinte es positiv. Er verglich die Welt mit Wölfen, in die er seine Nachfolger wie arglose Schafe schicken würde.

Als er um einen Beweis für seine göttliche Macht gebeten wurde, verwies er auf ein Ereignis zur Zeit der Wüstenwanderung des Volkes Israel. Die Menschen wurden von giftigen Schlangen angegriffen und schrien zu Gott um Hilfe. Mose hängte auf Gottes Anweisung eine künstliche Schlange gut sichtbar an einen Pfahl. Wer sie ansah, wurde gegen das Schlangengift immun. Jesus dachte an seine eigene Erhöhung am Kreuz. Satan vergiftet die Menschheit auf der Erde. Wer zum Gekreuzigten aufsieht, wird gerettet. Das Gift ist wirkungslos.

Gestritten wird über ein angebliches Abtreibungs-**recht** schwangerer Frauen. Da das Leben der Leibesfrucht betroffen ist, geht es um ihr Recht. Sie ist von Gott geschaffenes Leben und rechtsfähig. Das bürgerliche Gesetz sagt eindeutig, nur Lebende können erben. Doch Ungeborene, die gezeugt wurden, bevor der Erblasser starb, sind dessen rechtmäßige Erben. Die Leibesfrucht hat als menschliches Lebewesen eine eigene unantastbare Würde, geschützt von unserem Grundgesetz.

Abtreibung ist Mord. Doch dieser Tatbestand gehört nicht ins Strafgesetzbuch und sollte dort möglichst bald verschwinden. Wer abtreiben will, braucht Hilfe in einer meist unverschuldet eingetretenen Situation.

Früher nannte man Schwangere zwar „gesegneten Leibes", doch ebenso wie heute stimmte das Umfeld für Frauen nicht immer. Statt den Verzweifelten zu helfen, schrieb man Abtreibung ins Strafgesetzbuch. Der schuldige Mann war als Erzeuger für das Kind nicht verantwortlich. Sich gegen ihn zu wehren, hatte sie kein Recht.

Als Frau hat man auch heute noch die schlechteren Karten. Eine Vergewaltigung anzuzeigen, will gut überlegt sein. Der Frau wird immer noch weniger geglaubt als dem Mann, und mit Zeugen kann man nicht rechnen. Er hat Entschuldigungsgründe für sein Verhalten und erwartet, dass sie abtreibt, wenn es einen „Unfall" gab. Das Problem der Folgen seines Verhaltens liegt allein bei ihr.

Jede Frau hat selbstverständlich ein Selbstbestimmungsrecht über ihren Körper. Sie darf jede Zudringlichkeit zurückweisen. Kein Mann hat das Recht, gegen ihren Willen über sie zu verfügen, auch nicht mit der Ausrede, ihr Aussehen oder ihr Verhalten hätten ihn erregt. Wenn sie seine Frau oder beruflich von ihm abhängig ist, gibt es keinen Grund, ihm sexuell zur Verfügung zu stehen, wann immer er es will. Es sollte selbstverständlich sein, ihn schuldig zu sprechen, wenn er ihre Verweigerung nicht ernst nahm.

Adam hat leider vergessen, dass er vom Baum der Erkenntnis aß und folglich Gut und Böse unterscheiden kann. Für das Entstehen und das Leben seines Kindes ist er von Anfang an ebenso verantwortlich wie sie. Vater und Mutter haben gemeinsam die Pflicht, sich um das Kind und seine Bedürfnisse zu kümmern. Es ist egal, ob sie die Schwangerschaft wollten oder es darauf ankommen ließen. Wodurch und wie eine Frau schwanger wird, ist für niemanden mehr ein Geheimnis.

„Lebensschützer" protestieren teilweise bedrohlich gegen Abtreibung und demonstrieren betend vor

Beratungsstellen. Trotz der guten Absicht handeln sie nicht im Sinne Gottes und des Lebens. Ihre Gebete sind dem des Pharisäers zu vergleichen, der sich für besser hielt als „diese Sünder". Es ist kein Zeugnis und keine Werbung für den Glauben an Gott und Jesus Christus. Die wenigen Frauen, die Abtreibung mit Schwangerschaftsverhütung gleichsetzen, sehen sich durch die Aktionen nur in ihrer Annahme bestärkt, Christen seien weltfremde „arme Irre". Sie lassen sich nicht bekehren.

Gott erwartet, Täter des Wortes zu sein. Die Mehrzahl der Betroffenen, die sich zu einer Abtreibung entschließen, brauchen ganz dringend echte Hilfe. Die Ungeborenen und ihre Mütter sind das schwächste Glied in der Lebenskette. Gottes Auftrag, sich aller Hilflosen anzunehmen, bezieht sich deshalb besonders auf sie.

Aufgabe von Lebensschützern sollte es sein, die hilflosen, meist verzweifelten Frauen anzuhören, über

Hilfen für sie und das werdende Kind über die Geburt hinaus nachzudenken und alles daranzusetzen, jeder Betroffenen während der Schwangerschaft beizustehen und ihr und dem Kind danach zu einem menschenwürdigen Leben zu verhelfen. Das kann auch eine Adoptionsvermittlung sein. Viele ungewollt Kinderlose warten dringend auf ein Baby. Deshalb ist eine gute Beratung vor der Abtreibung besonders wichtig. Lebensschützer sollten sie tatkräftig unterstützen. Das erwartet Jesus.

Es gibt werdende Mütter, die aus verschiedenen Gründen ihre Schwangerschaft im engsten Umfeld geheim halten müssen und erst recht das Neugeborene. Um zu verhindern, dass sie es töten oder aussetzen, wurden Babyklappen eingerichtet und einige Krankenhäuser bieten anonyme Geburten an. Das Kind kommt dann in eine Pflegefamilie. Es fehlt die hier wohl besonders wichtige Betreuung während der Schwangerschaft.

Als Land mit der höchsten Abtreibungsrate gilt Vietnam, seit es möglich ist, das Geschlecht ungeborener Kinder zu erkennen. Es sind etwa eineinhalb Millionen Abtreibungen jährlich, weit überwiegend „wertlose" Mädchen, denn nur Mütter von Söhnen werden geachtet, wie in vielen Teilen der Welt. Kinder sind aber kein Wegwerfprodukt.

Der Männerüberschuss nimmt dadurch selbstverständlich zu. Junge Männer haben Schwierigkeiten, eine Frau zu finden. Wann werden sie die Ursache erkennen? Wird es stattdessen Frauenraub in anderen Ländern und damit verbundene Kriege geben?

Den ungewollt Schwangeren stehen bei uns Paare mit unerfülltem Kinderwunsch gegenüber. Kinder sind keine Handelsware, doch dazu hat man sie gemacht. Wahrscheinlich war der Umgang mit Sklavinnen früher menschlicher als heute mit Leihmüttern. Gemanagt von Agenturen werden die teils verzweifelten Frauen in armen Ländern angelockt und in Massenunterkünften „gehalten" wie Nutzvieh, um die Kinder zu verkaufen. Es ist eine Steigerung der Zwangsprostitution. Dieser Verstoß gegen die Würde und Menschlichkeit ist bei uns verboten, aber wie lange noch?

Weltweit ist der „Reproduktionsmarkt" in kurzer Zeit wegen des „Bedarfs" erheblich gewachsen und kaum aufzuhalten. Gefördert wird die Nachfrage nicht zuletzt durch Homo-Ehen, in denen die Partner stolz sind auf ihre Kinderliebe und Väterlichkeit. Da sie keiner Frau nahe kommen wollen, brauchen sie Leihmütter und Ei-Spenderinnen, was keineswegs mit einer männlichen Samenspende vergleichbar ist.

Das lockt Agenturen auf den Plan. Sie versprechen ihren Kunden sogar ein Rückgaberecht bei Nichtgefallen. Dann ist eine Neubestellung möglich. Und was geschieht mit Mutter und Kind? Sie sind unbrauchbar und können von keiner Seite Hilfe erwarten. Kinderliebe und Väterlichkeit? Ich nenne es Egoismus pur. Was geschieht, wenn das neue Kind sich nicht entwickelt wie gewünscht?

Es gibt **kein** Menschenrecht auf ein Kind, weil niemand über den Körper eines anderen Menschen verfügen darf, um ihn zur Erfüllung des eigenen Wunsches zu missbrauchen. Eine Leihmutterschaft ist keine normale Schwangerschaft.

Besonders in den USA läuft das Geschäft der Agenturen sehr gut. Sie veranstalten auch bei uns Kinderwunschmessen und Werbekonferenzen für sehr gut verdienende Homo-Paare. Trotz der hohen Preise geht es den betroffenen Frauen damit finanziell nicht besser. Es gibt genug arme Frauen, die dringend auf finanzielle Hilfe angewiesen sind und darauf hoffen, doch sie sind nur Mittel zum Zweck. Sie bekommen Hormonbehandlungen und ihnen werden mehrere Embryos eingesetzt, um das Wunschbaby auswählen zu können. Die anderen werden abgetrieben. Auf Gefühle und Gesundheit der Leihmutter wird keine Rücksicht genommen. Es ist zynisch zu sagen, die Frauen würden es freiwillig auf sich nehmen.

***

Gott entscheidet nicht nach menschlichem Ermessen. Er kennt jedes seiner Kinder ganz genau und agiert meist völlig anders als von uns erwartet. Jesus zeigte sich nach seiner Auferstehung zuerst Frauen und fand bei Männern wenig Glauben. Schon vorher offenbarte er sich einer Ausländerin, mit der ein frommer Jude niemals gesprochen hätte, nicht einmal in ihre Nähe gekommen wäre. Sie wurde auch von ihren Nachbarn gemieden, denn mit der ehelichen Treue nahm sie es nicht sehr genau und lebte unverheiratet mit einem Mann zusammen. Jesus wusste das, machte ihr aber keine Vorwürfe. Er ließ sie im Gespräch erkennen, wer er war. Ganz erfüllt von seinem Wort lief sie in die Stadt zurück und rief

46

es allen zu, die ihr begegneten. Deren Neugier führte zu einer Evangelisation im Ort. Sie wurde ausgelöst, weil Jesus mit einer verachteten Frau über Gott sprach. Die spätere Kirche wollte nicht, dass etwas ist, was nach ihrer Auslegung nicht sein darf. Sie verurteilt die falschen und vertuscht eigenes Versagen.

Luzifer wurde als Engel des Lichts in die Finsternis gestürzt und ist den Menschen nun ganz nahe. Er belügt sie weiterhin, reduziert Liebe auf Sexualität, verbunden mit Gewalt. Er verleumdet Gott als den Bösen, der die Menschen wegen ihrer einstigen „kleinen Verfehlung" im Garten lebenslang mit seinem Hass verfolge. Hass will herrschen. Das wollen die Menschen und der „Fürst dieser Welt" auch.

Dem widerspricht Gottes Liebe. Sie **ist** das **Licht**, will aufdecken und zur Umkehr anleiten. Sie denkt nicht zuerst an sich, will niemanden beherrschen oder schädigen. Doch Gottes Heiligkeit ist für die Welt ein rotes Tuch. Alles, was darauf verweist, wird bis heute gehasst. Wer sich dazu bekennt, wird verfolgt.

Gott ist davon nicht überrascht. Es gibt kein Licht ohne Schatten, außer in seiner Gegenwart. Da der Mensch von sich aus nicht zurückkehren kann, wurde Gott vorübergehend Mensch. Er nahm die uns zugedachte Todesstrafe auf sich, besiegte Tod und Teufel und tauschte die Schuld der Menschen gegen seine eigene Gerechtigkeit. Nun ist das Tor zum Paradies wieder für jeden geöffnet, der das Geschenk annimmt. Luzifer weiss es und will dies unter allen Umständen verhindern.

Eine große Hilfe sind ihm die Religionen. Da seine Intrigen und die Verfolgung der ersten Christen nichts nutzten, sondern sogar zur Verbreitung der Wahrheit beitrugen, beeinflusste er die Politik. Rom erklärte die christliche Lehre zur Staatsreligion mit dem Kaiser als Oberhaupt. Damit wurde die nun entstehende Kirche Teil der Politik mit nach Macht strebender Hierarchie. Christ wurde man nicht mehr ausschließlich durch den Glauben, den man in der Taufe bekannte, sondern durch die Geburt in einer christlichen Familie. Die kirchliche Lehre und staatliche Anordnungen mussten eingehalten werden. Der Staat regelte das irdische Leben, die Kirche bestimmte über das danach.

Die frohe Botschaft für alle wurde ersetzt durch eine angstmachende Religion. Gottes Wort wurde ausgelegt, wie es gerade gebraucht wurde. Die Kirche regierte mit Angst vor dem Jenseits und ging sogar soweit, sich das ewige Leben durch Ablasshandel bezahlen zu lassen. Damit wurde sie zum Antichrist.

Wenn der Druck im Kessel zu groß wird, explodiert er. Die Renaissance und Reformation sorgten dafür, dass sich die Menschen ganz langsam wieder auf die von Gott gegebene Freiheit besannen. Danach hat sich vieles geändert, doch die Organisation Kirche ist nicht das geworden, was Gott und Jesus wollten.

Gottes Plan ist aber nicht gescheitert. Trotz aller Missstände gibt es bis heute in allen Kirchen und ihren Abspaltungen weltweit immer mehr entschiedene Christen ohne Religion. Gottes Wort genügt ihnen und die Führung des Heiligen Geistes. Oft werden sie grausam verfolgt wie am Anfang.

Aus den Kirchen treten immer mehr Mitglieder aus. Gebäude müssen verkauft werden, weil das Geld fehlt. Luzifer arbeitet mit dem Zeitgeist. Die alten oft prachtvollen Gottesdiensthäuser gelten als kulturelles Gut, doch Gott wohnt dort nicht. Er braucht einen lebendigen Tempel. Es genügt nicht, Kleinkinder in der Kirche taufen zu lassen und Familienfesten dort einen feierlichen Rahmen zu geben. Gotteskindschaft ist nicht vererblich, sondern eine persönliche Entscheidung. Spätestens ab der dritten Generation ist dies vergessen. Um wieder eine Beziehung zu Gott zu bekommen, ist eine Erweckung und Bekehrung erforderlich. Glücklicherweise gab und gibt es immer wieder und überall Menschen, die Gottes Wort kennen und weitergeben.

Gewalt

Gewalt gehört offensichtlich zum Machtstreben. Schon unter den ersten Menschen kam es aus Eifersucht zum Brudermord, obwohl Gott Kain warnte. Der Mensch soll Herr über das Böse sein und auf Gottes Hilfe vertrauen. Doch Kain ignorierte jeden guten Gedanken, erschlug seinen Bruder und bekam Angst vor den Folgen. Gott gab ihn nicht auf, sondern versprach ihm, wenn ihn jemand erschlagen würde, müsse er mit siebenfacher Rache rechnen. Kain verließ daraufhin sein bisheriges Umfeld und ging seine eigenen Wege.

Einer seiner Nachkommen, Lamech, prahlte später, er habe einen Mann für eine Wunde und einen Knaben für einen Schlag getötet. Wenn Kain sieben Mal gerächt werde, so er siebenundsiebzig Mal. Die Gewaltspirale dreht sich seitdem ununterbrochen.

Eine ausufernde Rache hatte Gott mit seinen Worten an Kain nicht gemeint. Unrecht zu bestrafen ist in Ordnung, doch im richtigen Verhältnis. Leider wurde auch Gottes späteres Gebot „Auge um Auge, Zahn um Zahn" falsch verstanden. Der angerichtete Schaden soll ausgeglichen und die Gewaltspirale beendet werden. Durch eine neue Schädigung dreht sie sich weiter.

Gewalt als Zeichen der Überlegenheit und Stärke gegen Feinde, die den eigenen Bereich bedrohen, war damals vielleicht unvermeidbar. Doch sie ist auch heute nicht auf Kriege beschränkt. Gewalt gehört zum Alltag. Immer geht es um Macht und Kontrolle. In Beziehungen gilt sie als Privatsache.

In der Zeit der Pandemie, als man sich in oft engen Wohnverhältnissen während der strengen Ausgehverbote schlecht ausweichen konnte, nahm sie stark zu, ebenfalls die Zahl der Femizide. Männer töten Frauen, weil sie Frauen sind, die sich nicht verhalten, wie es der Mann für richtig hält.

Nicht nur Männer, auch Frauen werden ihren Partnern gegenüber gewalttätig. Die Gründe dafür sind unterschiedlich, doch häufig ist bei beiden Alkohol oder eine andere Sucht schuld. Aus Witzen und Komödien kennen wir: Sie steht mit dem Nudelholz hinter der Tür und wartet auf den betrunken heimkehrenden Mann. Sie ist die Furie, er der wehrlose Depp. Die Wahrheit ist leider nicht zum Lachen. Beide brauchen dringend Hilfe.

Eine rechtzeitige Trennung der Partner, die nicht mehr miteinander auskommen, wird erschwert durch unbezahlbare Wohnmöglichkeiten. Ist Alkohol im Spiel, folgt nicht selten Arbeitslosigkeit und Obdachlosigkeit des Ausziehenden.

Frauen werden aus unterschiedlichen Gründen zu Täterinnen und setzen ihre Partner oft psychisch unter Druck, was krank machende Folgen haben kann. Da es nicht dem Rollenverständnis entspricht, werden Männer selten als Opfer ernst genommen, weder von der Polizei noch in der Politik. Männer können kaum Hilfe erwarten.

In diesem Zusammenhang sollte bedacht werden, eine Aufteilung in weitere Geschlechterrollen könnte zu neuen Hass-Ursachen führen, auch in Familien. Jeder Mensch ist unabhängig vom Geschlecht anders als alle anderen. Jeder ist eine eigene Persönlichkeit, deren Wert sich nicht aus einer Eigenschaft oder Zuordnung ableitet. Niemand muss denken und fühlen wie der andere. Jeder verdient Wertschätzung seiner selbst. Gott lässt jeden sein, wie er ist, erwartet aber eine persönliche Entscheidung für oder gegen sich. Das ist die einzige Frage beim letzten Gericht.

Ursache für eigene Gewaltbereitschaft ist oft Gewalterfahrung in der Kindheit. Dazu gehören auch Mobbing und Stalking. Dann will man vorbeugend Stärke beweisen. Das gilt für Frauen ebenso wie für Männer. Genaue Zahlen sind nicht bekannt. Es sollen in etwa 20 % aller Fälle Täterinnen sein. Das darf nicht dazu führen, die Gewalt allgemein zu verharmlosen, weil sie „normal" ist.

Frauen mit Kindern sind von Gewalt meist schlimmer betroffen als Männer. Für sie gibt es zwar Schutzprogramme und Frauenhäuser, doch das ist nicht unbedingt ein Vorteil. Wenn es dazu kommt, dass Polizei oder Gerichte bei häuslicher Gewalt Anordnungen treffen und Strafen aussprechen, werden nicht die Täter weggesperrt. Die Opfer müssen sich vor der Rache der gewalttätigen Person verstecken. Das ist meist die Frau. Eine Erwerbstätigkeit, um sich und die Kinder zu versorgen, ist unter diesen Bedingungen kaum möglich. Die Kinder müssen die Schule wechseln und der geheime Aufenthaltsort darf nicht bekannt werden. So kommt die Familie vom körperlichen Regen in die seelische Traufe.

Man sollte meinen, in einem Rechtsstaat bemühen sich zumindest die Richter und Richterinnen, Ungerechtigkeiten ohne Ansehen der Person entgegen zu treten. Für Männer und Frauen gilt bei uns dasselbe Recht, und Kindern wird besonderer Schutz versprochen. Die Wirklichkeit weicht davon in vielen Fällen ab.

Familiengerichte sollen zum Wohl der Kinder entscheiden, doch was ist darunter zu verstehen? Wenn sich Eltern trennen, gibt es häufig Streit darüber. Früher galten Mütter als wichtigste Bezugsperson für ihre Kinder und wurden allein sorgeberechtigt. Väter erhielten ein Besuchsrecht und mussten oft darum streiten. Diese Regelung war nicht immer gerecht. So entstand inzwischen ein internationales Netz der Väterrechtler.

Nicht allen Vätern geht es tatsächlich um die Vaterbeziehung und das Kindeswohl, sondern oft um Unterdrückung der Frau. Gewalt als Trennungsgrund hat zugenommen. Im Sorgerechtsverfahren wird Frauenhass dann auf dem Rücken der Kinder ausgetragen. Das Familiengericht bestimmt zwar Gutachter, doch die Meinung der Kinder wird nicht beachtet, wenn sie überhaupt angehört werden. Den Frauen wird in diesen Fällen nicht geglaubt.

Familiengerichte und Jugendämter sind in Verruf geraten, weil die Inobhutnahme eines Kindes angeordnet wurde, um es der Mutter, bei der es bleiben möchte, zu entziehen. Ihr wird falsches Verhalten unterstellt.

Eine UN-Sonderbotschafterin hat im Juni 2023 einen Bericht zu Menschenrechtsverletzungen durch Familiengerichte vorgelegt, damit für Abhilfe gesorgt wird. Dem haben sich die EU und einige Länder angeschlossen, Deutschland noch nicht, obwohl auch hier Fehlurteile bekannt wurden. Rechtswissenschaftler sind bemüht, dies zu erforschen. Sie erhalten jedoch keinen Zugang zu den Akten, da es sich um besonders sensible Daten handelt.

Glücklicherweise gibt es auch Väter-Netzwerke, die sich dafür einsetzen, dass die Care-Arbeit in Familien und die Berufstätigkeit besser zwischen den Eltern aufgeteilt werden kann, ohne dass das Familienleben beeinträchtigt wird und die Mutter Altersarmut befürchten muss. Noch steht dem Idealzustand aber vieles entgegen. Nicht nur Wirtschaft und Gesellschaft, sondern auch die Politik müssen sich ändern.

***

Gottes Feind ist zwar besiegt, aber noch lange nicht tot. Für die Religionen nahm er seine frühere Lichtgestalt an und erfand die „Heiligen Kriege". Kriege für Gott, seine Ehre zu retten, hat es nie gegeben. Immer ging es um menschliche Macht.

In biblischen Zeiten gab es Kriege, in denen Gott zu Gunsten seines Volkes eingriff, um ihnen als Glaubenshilfe seine Macht zu beweisen, sein Volk vor ungerechtfertigten Angriffen zu schützen. Mit eigenen menschlichen Entscheidungen wird Gott automatisch ausgeschaltet, auch wenn es anders dargestellt wird.

Nicht nur im Namen des Islams, auch die russischorthodoxe Kirche rief zum Kampf gegen die „westliche Welt der Ungläubigen" auf. Die Wahnidee der Weltherrschaft hat einige Männer völlig im Griff. Sie haben die Fähigkeit, Menschen für ihre Pläne zu gewinnen, angeblich für Gott zu kämpfen. Sie versprechen, die Selbstaufopferung im Kampf sei der direkte Weg ins Paradies.

Durch diese Lüge wird Gott verleumdet. In seinem Namen kann kein Krieg geführt werden. Gott will Frieden auf Erden. Das verkünden die Engel nicht nur zur Weihnachtszeit. Jesus nannte Friedensstifter selig, sie seien Gotteskinder. Er forderte sogar, die Feinde zu lieben.

Von sich selbst sagte er allerdings, er sei nicht gekommen, Frieden auf die Erde zu bringen, sondern Streit bis in die Familien hinein. Seinetwegen würden enge Verwandte zu Feinden und Familien zerrissen. Das erleben wir häufig in islamischen Gebieten. Wenn einzelne Personen zum Glauben an Jesus Christus kommen, geraten sie in Gefahr, von der eigenen Familie getötet zu werden. Jesus gibt ihnen jedoch seinen persönlichen Frieden. Das hat er auch versprochen.

Islamistische „Gotteskrieger" töteten tausende Israelis, quälten grausam Frauen und Kinder und nahmen mehr als 200 Geiseln, die nicht wieder frei gegeben wurden. Als Israel sich wehrte, zogen sie sich in ein unterirdisches Tunnelnetz zurück. Die Zivilbevölkerung und Krankenhäuser dienten ihnen als Schutzschild. Das war eine teuflische Falle für das Land Israel, das sich dem Vorwurf ausgesetzt sieht, Krieg gegen die friedliche Bevölkerung in Palästina zu führen. Die Folgen der Verteidigung sind tatsächlich unverhältnismäßig und es besteht die Gefahr, dass der Krieg weiter um sich greift. Das Ziel, die Terroristen schnellstens restlos zu vernichten, konnte und kann nicht erreicht werden. Auch in Russland schlug der Terrorismus zu. Dort schob man die Verantwortung dafür auf die westliche Welt, um von eigenem Fehlverhalten abzulenken.

Millionen Menschen werden durch Kampfhandlungen bedroht, leben in Todesangst und verlieren jede Lebensgrundlage. Das ist besonders schlimm für

Schwangere und stillende Mütter. Sie können nicht ausreichend mit Lebensmitteln und Medikamenten versorgt werden. Hilfsorganisationen werden in ihrer Arbeit behindert.

In der ganzen Welt sind Menschen auf der Flucht. In Flüchtlingslagern werden sie oft wie Gefangene gehalten oder zwangsweise von einem Land ins andere gebracht. Die Möglichkeit eines normalen Lebens erhalten sie nirgendwo. Sie vegetieren in menschenunwürdigen Verhältnissen ohne Hoffnung dahin, weil jedes Land versucht, sich mit Abschottung und Abschiebung vor Überlastungen zu schützen. Am schwersten betroffen sind Kinder. Was soll aus ihnen werden?

Der politische Islamismus hat nichts mit dem Islam zu tun und kann sich nicht auf Religionsfreiheit berufen. Es sind rechtsextreme Terroristen. die behaupten, dem Islam anzugehören. Sie bekämpfen jedes demokratische System, versuchen, über Parteien die

Parlamente zu unterwandern. Das führt überall zu vermehrter Gewalt. In einer Schule schikanierten ältere Schüler ihre Mitschülerinnen und wollten die Scharia einführen.

Die Jugendlichen werden durch Falschinformationen und Terror-Propaganda von Influencern auf Tiktok zu Antisemitismus und Frauenhass aufgehetzt. Jeder fünfte Junge nimmt ein Messer mit in die Schule, um seine Männlichkeit zu beweisen, und viele stechen zu.

Nach neuesten Umfragen war jede zweite Lehrerin in den letzten drei Jahren persönlich betroffen, wurde heimlich gefilmt, in Medien verspottet und oft auch bedroht. Das Umfrageergebnis zeigt nur die Spitze des Eisbergs. Viele Schulen machten aus Angst vor Image-Schaden keine Angaben. Schulen haben wenig Möglichkeiten, gegen Schüler vorzugehen. Die Eltern zu informieren, bringt nichts. Sie sehen meist die Schule in der Verantwortung. Selbst bei schlechten schulischen Leistungen ihrer Kinder drohen Eltern, die Schule zu verklagen.

In einer öffentlichen Demonstration gegen die Demokratie wurde die Einführung eines Kalifats gefordert. In unserem freien Land muss man dies angeblich als Meinungsfreiheit dulden. Danach wurden in vielen Städten Politiker angegriffen. Man kann es Politikverdrossenheit nennen, aber Gewaltausbrüche sind gegen niemanden hinnehmbar. Völlig unverständlich sind tätliche Angriffe auf Rettungssanitäter und Notfallpersonal, die ihren Dienst auch zum Wohle der Wütenden tun. Der Mangel von Ärzten und Pflegepersonal wird nicht dadurch behoben, dass verärgerte Patienten wegen der Wartezeiten auf diese einschlagen. Irgendwo hat jede Freiheit ihre Grenze. Meines Erachtens ist sie für Terror und Gewalt in unserem Land längst überschritten. Polizei und Gerichtsbarkeit müssen die Möglichkeit haben, härter zuzugreifen und diese nutzen.

Dass Jugendliche besonders anfällig sind, ist nicht verwunderlich. Schule und Elternhaus sollten in der Erziehung zusammenarbeiten. Doch die Klassenstärke ist zu hoch, Lehrkräfte zu wenig. Schon in meiner Schulzeit war das so. Nach dem Krieg war erklärlich, dass die Schülerzahl zu- und die Lehrkräfte abgenommen hatten. Doch auch meine Kinder und sogar meine Enkelinnen erlebten dasselbe und zur Zeit scheint es noch schlimmer zu sein. Es gibt zu wenig Lehrer. Lehrerinnen wird es bald auch nicht mehr geben, wenn sie mit allen Problemen allein gelassen werden. Es ist keine Frage des Geldes oder der Freizeit, dass immer mehr vorzeitig den Beruf aufgeben. Es fehlt die Unterstützung und Wertschätzung der Politik und zum Teil auch der Eltern. Jedes unserer Kinder hat die beste Ausbildung verdient, aber dafür muss es möglich sein, dass die Lehrkräfte Zeit haben, sich jedem einzelnen Kind ausreichend zuzuwenden, um Fragen zum Lehrstoff zu beantworten. Es genügt nicht, ans Internet zu verweisen oder gar an die KI. Die Zeit des Lockdowns in der Pandemie hatte erschreckende Folgen. Doch was ändert sich, wenn der Schwarze Peter zwischen Schule und Elternhaus hin und her geschoben wird und man Hass und Extremismus dulden muss? Social Media, insbesondere Tiktok, trägt sehr viel zur Verrohung der Kinder und Jugendlichen bei. Man darf sie nicht diesem Einfluss überlassen.

Die teuflische Strategie führt immer zum Hass. Durch die Gleichsetzung Israels mit dem alten jüdischen Volk fachte der Krieg weltweit den Judenhass neu an. Er entstand in der Frühzeit des Volkes Israel in den damaligen Heidenvölkern. Der einzige lebendige Gott hatte sich Abraham offenbart und sein Volk lehnte Götzendienst und Vergötterung von Menschen ab. Juden galten deshalb als seltsames Volk.

Christen und der Islam berufen sich ebenfalls auf den Glauben Abrahams. Gott war als Mensch Jude. Jesus lebte als solcher. Die sogenannten christlichen

Werte sind jüdischen Ursprungs, von Gott durch Jesus bestätigt. Der Koran basiert auf der Bibel, nur ohne Anerkennung des Gottessohns.

Die jetzige Entwicklung ist völlig unverständlich. Jüdische Volkszugehörige haben teilweise andere Religionen angenommen und leben als Staatsbürger verschiedener Länder. Aber auch wenn sie die jüdische Religion beibehalten haben, können sie nicht beeinflussen, was der Staat Israel tut. Warum klagt man sie an und verfolgt sie, sodass sie sich ohne Polizeischutz in ihren Wohnorten kaum noch in die Öffentlichkeit wagen? Das Volk Israel bewohnt wie von den alten Propheten vorhergesagt wieder einen Teil des alten Landes. Der Staat lässt sich von niemandem in die eigenen Entscheidungen hineinreden. Alle Staatsangehörigen deswegen zu hassen, entbehrt jeder Grundlage.

Kommende Generationen wachsen überall ohne Gott auf. Nicht zuletzt durch die Medien werden sie irregeleitet durch falsche Heilsbotschaften. Niemand sagt ihnen die Wahrheit. Viele Menschen demonstrieren zwar für den Frieden, suchen aber keine Lösung der Probleme, sondern schüren Hass. Wer Hass sät, erntet keine Liebe. Gott ist Liebe. Satan ist keine Märchenfigur, sondern Vater der Lüge. Er verkündet mit Nachdruck: „Es gibt keinen Gott und folglich auch keine Liebe."

Ein Tier, das in die Enge getrieben wird, greift an, auch wenn es das normalerweise nie tun würde. Menschen warten nicht, bis sie sich in einer Zwangslage befinden, sondern „beugen vor". Hass sieht in jedem anderen zuerst einmal den Feind, den man zumindest unterdrücken muss, um eigene Pläne zu verwirklichen.

***

Eigene Pläne umsetzen zu wollen, ist nicht falsch, doch sie sollten mit Gottes Plänen abgestimmt sein, damit sie allen Ansprüchen gerecht werden. Unter Anspruch versteht man das Recht, etwas von sich und anderen verlangen zu dürfen. Gott hat Anspruch auf unser Leben. Er hat einen guten Plan für die Menschheit und auch die Mittel, ihn umzusetzen. Das Hindernis setzte er sich selbst, die menschliche Entscheidungsfreiheit.

„Nur wer erwachsen wird und Kind bleibt, ist ein Mensch", sagte der Schriftsteller Erich Kästner. Das entspricht dem Wort Jesu: „Wenn ihr nicht werdet wie ein Kind, …". Es bedeutet aber nicht, kindisch und unvernünftig zu sein. „Legt ab, was kindisch ist", schrieb der Apostel Paulus. Kind bleiben heißt offen zu sein für alles, auch für Vertrauen und Glauben, lernbereit und wach. So sind wir fähig, die Geister zu prüfen, wie Paulus es empfiehlt, gut und böse zu unterscheiden, um uns für das Gute zu entscheiden.

Es heißt, was der Mensch sät, das wird er ernten. Das bedeutet, Gras bringt kein Getreide hervor, schlechter Samen keinen Ertrag. Aber auch bei gutem Samen gibt es Unterschiede. Jesus erklärte, je nach Bodenbeschaffenheit kann es das 30, 60 oder sogar 100fache des ausgesäten Korns sein. Als Boden meinte Jesus das menschliche Herz. In diesem fällt die Entscheidung, wie sich der Mensch verhält. Der gute Same ist das Wort Gottes.

Für das Gelingen unserer Pläne brauchen wir eine persönliche Beziehung, deren Grundlage Gottes Gnade ist. Der Lohn der Sünde war von Anfang an der Tod. Das hat Gott damals entschieden und kann es nicht zurücknehmen. Nach Lust und Laune Gebote zu erlassen und wieder aufzuheben, ist Willkür. Gerade weil Gott allmächtig ist, muss er gerecht sein. Deshalb ist der rettende Glaube an seinen Sohn Jesus Christus so wichtig. Durch ihn, den Sündlosen, sühnte Gott selbst unsere Schuld und wir können als Gerechte mit ihm Gemeinschaft haben. Wenn uns dies bewusst ist und wir uns bußfertig unter Gottes Gnade stellen, wird er unsere Pläne und die Mittel, die wir im Einvernehmen mit ihm dafür einsetzen, segnen.

Die Natur funktioniert sehr gut ohne den Menschen, doch der Mensch ist ohne sie nicht lebensfähig. Er ist mit Gottes Geist ausgestattet, um die Zusammenhänge zu erkennen und zum Besten aller zu nutzen, keine Über- und Unterordnung und Ausbeutung, sondern Partnerschaft.

Anfänglich lebten die Menschen im Einklang mit der Natur und waren sich bewusst, dass sie ein Teil von ihr sind. Tageslänge und Jahreszeiten gaben den Arbeitsablauf vor. Naturereignisse beeinflussten die Ernte und Krankheiten das Leben. Man versuchte, das Beste daraus zu machen. Man zähmte Tiere als Hilfskräfte, erfand mechanische Arbeitserleichterungen und fühlte sich der Natur immer mehr überlegen. Gott hatte sie ja zur Herrschaft bestimmt, die

Erde zu ihrem Eigentum und ihnen göttliche Fähigkeiten gegeben.

Im Laufe der Zeit schuf der Mensch bewundernswerte Dinge. Sie entstehen jedoch nicht aus dem Nichts, sondern aus den vorhandenen Ressourcen. Die sind nicht unbegrenzt. Man vergaß die mit Eigentum verbundene Verantwortung und zerstört die eigene Lebensgrundlage. Immer mehr, immer schneller, höher und weiter ist das Ziel. Die menschlichen Erfindungen zur Erhöhung der Leistungsenergie und der Zeitverdichtung verschlangen in den letzten 50 Jahren weit mehr Energie als in den tausenden von Jahren davor.

Seit man die Größe des Universums entdeckte, sucht man das Paradies im Weltall. Unsere Erde kann nicht der einzige bewohnte Planet sein. Irgendwo muss es andere Lebewesen geben. Es ist natürlich nicht auszuschließen, dass es in der Unendlichkeit weitere Schöpfungen Gottes gibt. Doch er hat uns nicht aufgetragen, ferne Galaxien zu erforschen, sondern unsere Welt zu bewahren. Wir aber verbrauchen die Erde und schaffen uns selbst ab. Luzifer lacht sich ins Fäustchen, doch wer zuletzt lacht, lacht am besten.

Gott will seine Kinder aus der Knechtschaft seines Feindes zurückholen. Das versprach er Eva, als er den Garten hinter ihr verschloss. Der Apostel Petrus schrieb später in seinem Brief, Gott habe uns freigekauft aus dem von den Vätern ererbten Lebenswandel, nicht mit vergänglichen Zahlungsmitteln, sondern mit dem Leben und Sterben Jesu. Der Apostel Paulus erklärte, durch Adam sei die Sünde in die Welt gekommen. Jesus habe sie für die Menschen übernommen. Der Klerus bot für die Verhaftung Jesu 30 Denar, um ihn endlich los zu werden. Das war ein lächerlicher Preis, für den später der Töpfer-Acker gekauft wurde als Begräbnisstätte für Fremde.

Grausam gefoltert und hingerichtet wurden nicht nur damals, sondern werden immer noch viele Menschen, auch oder gerade, weil sie sich zu Gott und Jesus bekennen. Das war nicht entscheidend beim Tod Jesu, sondern dass er sündlos war und blieb, solange er als Mensch lebte. Das war nur möglich, weil er nicht durch einen Menschen gezeugt wurde. Er wurde von Gott in der Jungfrau Maria geschaffen und von ihr geboren als wahrer Mensch und wahrer Gott, um der Schlange den Kopf zu zertreten, wie Gott es Eva versprochen hatte. Der Wert eines jeden Menschen, der dies glaubt und hierauf vertraut ist also unbezahlbar. Gott verkauft seine Kinder nicht.

MENSCHEN SIND UNTERSCHIEDLICH

Kein Mensch ist einem anderen gleich.

Doch Ursprung ist nicht das Tierreich.

Seine Vorfahren sind keine Affen.

Er ist nach Gottes Bild geschaffen.

Viele sind arm, wenige reich.

Ihr Wert als Mensch ist immer gleich.

Unterschiedlich ist das Geschlecht.

Doch jedem steht zu dasselbe Recht.

Wie könnte das Leben so friedlich sein.

Leider mischt sich das Böse ein.

Gott hat den Menschen Freiheit gegeben,

selbst zu entscheiden über das Leben.

Gott ist gut, der Mensch hingegen

oft alles andere als ein Segen

für seine Umwelt, denn er ist

häufig ein herrschsüchtiger Egoist.

Es leben auf der Erde heute

mehrere Milliarden Leute.

Davon denkt so mancher Mann:

„Mach dir die Erde untertan.

Du bist nicht weniger als Gott.

Vergiss ihn und auch sein Gebot.

Du kannst die ganze Welt besiegen."

So überzieht er sie mit Kriegen.

Das führte Gott niemals im Schilde,

als er Menschen schuf nach seinem Bilde.

Doch er ließ sie frei entscheiden.

Trotz Allmacht kann er es nicht mehr vermeiden.

GOTT

Er ist in der Ferne,

weiter weg als die Sterne,

und doch ist er da.

Er ist jedem ganz nah.

Wie wir es auch sehen

oder verstehen.

Wer und wie Gott ist,

sagte uns Jesus Christ.

Als Kind habe ich viel über Gott und die Welt nach-
gedacht. Ich war überzeugt, dass es einen Gott gibt,
der es immer gut mit uns meint. Dann geschah so
viel Böses, was ich nicht verstand, Ich erlebte das
Kriegsende. Soldaten überfielen uns, töteten und
raubten. Schließlich verloren wir alles. Alles, was ich
liebte, war weg, auch meine Großeltern. Doch ich

machte nicht Gott verantwortlich. Ich bat ihn um seinen Schutz und seine Hilfe. Ich trug ihm meine kindlichen Wünsche vor, die aus begreiflichen Gründen nicht erfüllt wurden. Ich vermisste die Liebe und Geborgenheit zuhause bei meiner Oma. Beides hatte mir der Krieg genommen. Trotzdem zweifelte ich nicht an Gottes Gegenwart.

Ich erinnere mich an eine Geschichte, die ich mir damals ausdachte. Da war eine einsame Insel im Ozean. Sie ragte sehr hoch aus dem Wasser. Zum Strand gelangte man über eine lange Treppe. Auf der obersten Stufe saß ein Mädchen und sah aufs Meer hinaus. Das Kind wartete darauf, dass ein Schiff anlegen und es mitnehmen würde. Es war heimatlos und einsam wie ich, aber die Hoffnung war uns geblieben.

Einsamkeit gilt als häufigstes Problem unserer Zeit. Junge und Alte haben zu wenig Kontakte zu anderen und sind überwiegend allein. Persönliche Beziehungen entstehen kaum noch und gehen schnell wieder auseinander. Schulkinder und Jugendliche haben zu wenig Zeit, Freundschaften zu schließen. Nur Leistung zählt. Der Tag ist verplant. Digitale Medien schlucken den Rest der Zeit.

Allein und einsam ist nicht dasselbe. Einsamkeit spürt man nach meiner Erfahrung am stärksten bei Anwesenheit vieler Menschen. Im Radio hörte ich jemanden sagen: „Das Gegenteil von Einsamkeit ist Geborgenheit." Das ist es. Der einsame Mensch vermisst Geborgenheit, doch nicht nur dann, wenn er allein ist. Einsamkeit macht sich eher bemerkbar, wenn viele Menschen um ihn sind und etwas erwarten, mit dem er sich überfordert fühlt, oder die sich in keiner Weise für ihn interessieren. Nicht einmal die Liebe kann Einsamkeit verhindern.

Irgendwo hatte jemand hingekritzelt: *Liebe ist Einbildung.* Ich kannte ein Lied: *Gott ist Liebe.* Er liebt die Menschen so sehr, dass er seinen einzigen Sohn für sie in den Tod gab. Ich dachte über beides nach und kam zu dem Schluss: **Gott ist einsam.**

Die Liebe kennt nur, wer ohne Hoffnung auf Erfüllung liebt, stand auf einem Kalenderblatt. Das passte zueinander. Jesus forderte uns auf, alle Menschen zu lieben, auch unsere Feinde. Er tat es. Er liebt uns alle, wartet aber auf unsere Liebe meist vergebens. In meinem späteren Leben war ich selten wirklich allein, doch meist einsam, bis ich Geborgenheit in Gottes Liebe fand. Es gibt nichts Menschliches, das er nicht durchlebt hat.

Meine kindlichen Gedanken erfanden die „Null-Theorie". Ich ahnte nicht, dass Jahre später ein bekannter Atheist diese als Beweis gegen Gott entwickeln würde. Bei der Addition aller positiven und negativen Ereignisse sei die Summe immer null, also nichts, stellte er fest. Bei mir umschließt die Null die Ewigkeit Gottes. Ich sehe sie als Gebilde ohne Anfang und ohne Ende. Gott ist unendlich größer als unser Lebenskreis, gleichzeitig nichts und alles.

Es ist richtig, Gegensätze neutralisieren sich, wenn sie sich verbinden, doch alle Gegensätze sind in Gott vereinigt. Er hat seinen Widersacher besiegt und bleibt der einzige Herr in der Ewigkeit. Gott war, ist und wird immer sein. Keine Wissenschaft schafft gegenteiliges Wissen.

Gott ist der Mittelpunkt der Welt und gleichzeitig Umhüllung der Kugel, die das Universum enthält. Er ist der Eckstein seines ewigen Hauses, starb und ist lebendig, in ihm beginnt und endet der Kreis des Lebens alle Tage immer wieder neu, bis die Zeit in der Ewigkeit endet. Gott ist der höchste vollkommenste Geist, lauter Leben, Licht und Liebe.

Den Beginn der Bibel „Im Anfang schuf Gott Himmel und Erde … und Gott sprach" ergänzt das Neue

Testament im Evangelium des Johannes: „Das Wort war bei Gott und Gott war das Wort."

Gott sagt von sich selbst: „Ich bin der allmächtige Gott. Ich bin der Herr, dein Gott. Du sollst keine anderen Götter haben" und später: „Ich bin kein Mensch. Ich bin der Heilige, der Herr, dein Gott."

Deshalb gebot Mose seinem Volk: „Du sollst den Herrn, deinen Gott, lieben von ganzem Herzen, von ganzer Seele, von allem Vermögen."

König Nebukadnezar gehörte nicht zum Volk Gottes. Nachdem der jüdische Sklave Daniel seinen Traum gedeutet hatte, war er überrascht und antwortete: „Es ist wahr. Euer Gott ist ein Gott über alle Götter."

Im Gegensatz zu Götzen ist der lebendige Gott in seiner Heiligkeit und Liebe ununterbrochen tätig Er ist ein persönlicher Geist, der sich seiner selbst bewusst ist in Vollkommenheit und möchte seine Menschenkinder daran teilhaben lassen. Sein Geist verbindet ihn mit uns, damit wir seine Offenbarungen in der Welt wahrnehmen können. Menschen haben unendlich viele Fähigkeiten, die sie in Verbindung mit Gott für das Gute einsetzen sollen.

Gott schließt alles Unreine von seinem Wesen aus, denn er ist heilig. Barmherzigkeit, Güte, Gnade, Treue, Langmut und Geduld sind Ausstrahlungen seiner Liebe. Ein Gottesmensch lebt in der Wahrheit des Evangeliums und hält am Wort Gottes fest. Gott kann man immer vertrauen. Als Mose das Volk Israel segnete, sagte er u. a.: „Zuflucht ist bei dem ursprünglichen Gott und unter seinen ewigen Armen."

Die Bibel handelt von Gott und seinem Wirken. Die Moabiter fürchteten, das Volk Israel werde sie angreifen und besiegen. König Balak sandte Boten zum heidnischen Propheten Bileam und forderte ihn auf, das Volk Israel zu verfluchen. Gott verwandelte den Fluch in Segen. Bileam musste bekennen: „Gott ist nicht ein Mensch, der lügt."

Die Moabiterin Ruth bekannte sich zu diesem Gott, als sie ihre Schwiegermutter zu ihrem Volk nach Bethlehem begleitete. Sie wies deren Widerspruch zurück: „Dein Gott ist mein Gott." Gott gab ihr einen Platz im Stammbaum seines Sohnes.

Im Kampf gegen den Gott Baal hatte der Prophet Elia ein Gottesurteil gefordert. Es sollten Opfertiere verbrannt werden, ohne dass ein Mensch das Feuer anzündete. Die Baalspriester beteten vergeblich. Elia wurde von Gott erhört. Ein Blitz schlug ein und verbrannte sein Opfer samt Altar. Das anwesende Volk erkannte: „Der Herr ist Gott."

Hiob, dem alles, auch die Gesundheit genommen wurde, war sich keiner Schuld bewusst. Doch schließlich begann er zu hadern. Seine Freunde, die sein Schicksal für eine Strafe Gottes hielten, erklärten ihm: „Gott gibt dir keine Rechenschaft. Er ist größer als ein Mensch." Sie glaubten alles über Gott zu wissen und meinten, Hiob belehren zu müssen.

Zum Erschrecken aller griff Gott ein und redete selbst. Hiob vermochte nur zu stammeln: „Ich erkenne, dass du alles vermagst, und bekenne, dass ich unweise geredet habe. Ich hatte von dir nur gehört, doch nun habe ich dich gesehen und spreche mich schuldig."

Das gefiel Gott und Hiob wurde für alles zweihundertprozentig entschädigt.

Die Psalmen sind voll vom Lob Gottes. Voll Staunen bekennen die Dichter: *Was ist der Mensch? Du hast ihn wenig niedriger gemacht als Gott und ihn mit Ehre und Schmuck gekrönt. - Bevor alles geschaffen wurde, bist du, Gott, von Ewigkeit zu Ewigkeit. Der Herr ist ein großer Gott - Unser Gott ist im Himmel. Er kann schaffen, was er will. Du bist mein Gott und ich danke dir, mein Gott, ich will dich preisen.*

Asaph jubelte: „Das ist meine Freude, dass ich mich zu Gott halte." David klagte: „Mein Gott, warum hast du mich verlassen?" Dies betete auch Jesus am Kreuz, als er die Gottesferne erleiden musste, bevor er seine Aufgabe erfüllt hatte.

Der Herr antwortete David: „Seid still und erkennt, dass ich Gott bin, erkennt, dass der Herr Gott ist" und David verstand: „Du bist der Gott, der mir hilft - Meine Seele dürstet nach Gott." Als König, der viel erreichte in seinem Leben, verwies er nie auf seine Leistungen, sondern bekannte: „Das hat Gott getan."

Der Prophet Jesaja bejubelte nicht die Vergangenheit, sondern kündigte das messianische Reich an. Dann werden die Geretteten singen: „Gott ist mein Heil. Ich bin sicher und fürchte mich nicht." Nach dem Untergang der Feinde wird man sagen: „Das ist unser Gott, auf den wir hofften. Er wird uns helfen."

Gott bestätigte es: „Fürchte dich nicht. Ich bin mit dir, weiche nicht, denn ich bin dein Gott. Ich bin der Erste und ich bin der Letzte, außer mir ist kein Gott.

Wendet euch zu mir. Ich bin Gott, sonst keiner mehr."

Der Prophet Jeremia richtete vom wahrhaftigen und lebendigen Gott aus: „Ich will ihnen ein Herz geben, dass sie mich kennen sollen, dass ich ihr Gott sei" und der Prophet Hosea bestätigte, dass Gottes Gnadenbund auch für das Volk gelte, das bisher nicht seines war. Dieses werde bekennen: „Du bist mein Gott." Der Prophet Micha staunte: „Wo ist solch ein Gott wie du bist, der die Sünde vergibt."

Auch im Neuen Testament, das in erster Linie von Jesus Christus handelt. spielt Gott die Hauptrolle. Jesus ließ keine Vermischung und Angriffspunkte zu. Er vertrat eine klare Linie und Abgrenzung zwischen Gott und der Welt. Der Evangelist Matthäus erzählt von einer Begebenheit, in der man Jesus eine Falle stellte und ihn fragte, ob man der Besatzungsmacht Steuern zahlen müsse. Jesus antwortete: „Gebt dem Kaiser, was des Kaisers ist, und Gott, was Gottes ist."

In seinen Reden verwies Jesus immer auf Gott, wie wir aus den Evangelien wissen. „Gott ist Geist und die ihn anbeten, müssen ihn im Geist und in der Wahrheit anbeten. Wer von Gott ist, der hört Gottes Wort", sagte er. Er wusste, dass er von Gott gekommen war und zu Gott zurück ging und jedes Menschenleben plötzlich vorbei sein kann. Im Gleichnis vom reichen Kornbauern riet er jedem, sich Schätze im Himmel zu sammeln. Gott sprach zu dem selbstzufriedenen Mann, noch in dieser Nacht werde sein Leben enden.

Jesus betete für seine Nachfolger: „Das ist das ewige Leben, dass sie dich, der du allein wahrer Gott bist, und den, den du gesandt hast, erkennen" und sagte nach seiner Auferstehung: „Ich fahre auf zu meinem Vater und zu eurem Vater, zu meinem Gott und zu eurem Gott." Thomas hatte die Auferstehung bezweifelt. Als er dem Auferstandenen persönlich begegnete, konnte er nur noch überwältigt bekennen: „Mein Herr und mein Gott!"

Der Klerus verbot den Jüngern, von Jesus zu reden. Sie taten es trotzdem und begründeten es: „Man muss Gott mehr gehorchen als den Menschen." Sie nahmen Verfolgung, Schläge und sogar den Tod in Kauf. Schließlich war es ihrem Herrn und Meister genauso ergangen und wie er würden sie zu Gott gehen.

Der Apostel Paulus schrieb den Römern, die viele Götter kannten: „Er ist der eine Gott, der gerecht macht. Ist Gott für uns, wer mag wider uns sein? Wer will die Auserwählten Gottes beschuldigen? Gott ist hier, der gerecht macht. Wir werden alle vor dem Richterstuhl Gottes stehen."

Im Brief an die Korinther lesen wir: „Gott ist treu, durch welchen ihr berufen seid zur Gemeinschaft seines Sohnes Jesus Christus, unseres Herrn. Ihr seid Christi, Christus aber ist Gottes. Ihr seid teuer erkauft. Darum preist Gott in Eurem Leben. Esst und trinkt oder was ihr tut, **tut alles zu Gottes Ehre**. Es sind mancherlei Kräfte; aber es ist ein Gott, der alles wirkt in allem. Von Gottes Gnade bin ich, was ich bin. Gott versöhnte in Christus die Welt mit ihm selber und rechnete ihnen ihre Sünden nicht zu. Lasst euch zurechtbringen und ermahnen, habt einerlei Sinn, seid friedsam. So wird der Gott der Liebe und des Friedens bei euch sein." Ähnlich schrieb er auch an andere Gemeinden und an seine Mitarbeiter. „Lasst uns dankbar sein und ihm dienen, denn unser Gott ist ein verzehrendes Feuer."

Der Apostel Jakobus verwies seine Leser darauf, es sei gut, zu glauben, dass es nur einen Gott gibt. „Das wissen auch die Teufel und zittern." Sie werden am Ende verworfen, wenn Gott mit seinen Menschenkindern zusammenwohnt, die nicht nur an seine

Existenz, sondern auch an die Errettung durch Jesus Christus glauben.

Der Zeitgeist verleugnet Gott und liebt Rituale zur Selbstfindung. Er lässt Religionen zu, wenn es um Äußerlichkeiten geht. Auch die christliche Religion hat die Wahrheit leider vergessen. Sie gab Ritualen eine eigene Bedeutung mit angeblich heilsbringender Wirkung. Als Jesus beim letzten Abendmahl mit seinen Jüngern Brot und Wein sein Fleisch und Blut nannte und sie bat, beim Essen daran zu denken, meinte er keine geheimnisvolle Wandlung als Erinnerungsopfer. Es ging ihm um das Bekenntnis zu ihm. Wie Speise und Trank vom Körper aufgenommen und verwertet werden, will er selbst in Seele und Geist der Menschen, die zu ihm gehören, wirken. Brot und Wein sollen Zeichen dafür sein. Auch das Wasser für die Taufe ist nur ein Symbol der Reinigung von unserer Schuld. Ausschlaggebend für die Gotteskindschaft ist allein die Entscheidung für Jesus

Christus. In seiner Gegenwart haben wir das ewige
Leben.

DAS HIMMELREICH

Das Himmelreich ist allen nah,

wenn es auch noch keiner sah.

In uns und um uns, das ist wahr,

wächst es still und unsichtbar.

Wenn es beginnt, ist es sehr klein,

kostbarer als jeder Edelstein.

Jesus sprach vom Himmelreich.

Es ist schon hier. Was ist ihm gleich?

Ein Mann sät Samen auf gutes Land.

Ein anderer einen Schatz dort fand.

Für eine große Menge Brot,

ist nur wenig Sauerteig not.

Ein kleines Senfkorn wird zum Baum.

Ein Kaufmann sah erfüllt seinen Traum,

als er eine kostbare Perle fand.

Ein Fischernetz liegt gefüllt am Strand.

Man kann nicht alle Fische genießen,

und auf dem Acker Disteln sprießen.

Im Himmelreich, auf goldenem Thron,

sitzt zur Rechten Gottes der Menschensohn.

Auf zwölf goldenen Stühlen drum herum,

sitzt das Apostel-Kollegium.

Sie halten ab das letzte Gericht.

Gott das endgültige Urteil spricht.

Am Ende wird es dann geschehen

durch ein leises Geisteswehen.

Es wächst die Saat bis zur Erntezeit.

Die Erntehelfer sind bereit.

Es lodert schon ein großes Feuer.

Sie sammeln nur Gutes in die Scheuer.

Mit den Fischen dasselbe passiert.

Die schlechten werden aussortiert.

Nur wer den Schatz in Händen hält,

wird zu den Geretteten gezählt.

Jesus reicht ihnen seine Hand.

„Willkommen im ewigen Vaterland."

DER MENSCHENSOHN – SOHN GOTTES

Daniel diente gezwungenermaßen am Persischen Hof. Durch Gottes Führung und Weisheit fand er Anerkennung. Er war in der Lage, die Träume der Könige zu deuten, die dann auch wahr wurden. Ihm selbst zeigte Gott Bilder vom Ende der Welt. „Es kam einer mit den Wolken **wie eines Menschen Sohn.**" Es war also nicht wirklich oder nicht nur ein Mensch.

Auch der Prophet Hesekiel (Ezechiel) hatte bei seiner Berufung eine Gottes-Vision und fiel erschrocken zu Boden. Da hörte er: „Stell dich auf deine Füße, Menschensohn" und er fühlte sich aufgehoben und auf die Füße gestellt. Die Stimme sprach weiter: „Menschensohn, ich sende dich zu den abtrünnigen Söhnen Israels". Hier war ganz offensichtlich der Prophet gemeint und das Wort bedeutete „von Gott berufener Mensch".

Der Prophet Jesaja sagte die Geburt eines Kindes voraus, auf dessen Schultern die Herrschaft liege. Er nannte es nicht Menschensohn. Der Fürst des Friedens herrsche ewig auf dem Thron Davids, denn Gott werde mit den Menschen einen ewigen Bund schließen, wie er ihn David verheißen habe.

Der Prophet Jeremia sprach von einem gerechten Spross Davids, der als König herrschen und für Recht und Gerechtigkeit sorgen werde, Das Volk werde gleichzeitig Gott und seinem König David dienen. Erst wenn Tag und Nacht aufhören, werde auch Gottes Bund mit David enden.

Davids Sohn und Gott wurden hier auf eine Stufe gestellt. Ebenso sahen andere Propheten David als Herrscher neben Gott.

Das Neue Testament schließt daran an und beginnt mit der Menschwerdung Gottes in Jesus Christus, „der da ist ein Sohn Davids." Hilfesuchende redeten ihn so an. Jesus sprach oft vom Menschensohn oder Sohn des Menschen, wenn er sich selbst meinte.

Jesus war Gottes Sohn und gleichzeitig Nachkomme des Königs David. Christen bekennen im Glaubensbekenntnis: Gottes Sohn, empfangen durch den Heiligen Geist, geboren von der Jungfrau Maria. Maria war aus dem Stamm Davids. Der Verkündigungsengel erklärte ihr: „Das Heilige, das von dir geboren wird, wird Gottes Sohn genannt werden."

Matthäus erzählt, dass im Volk die Frage aufkam, ob es sich bei Jesus tatsächlich um Davids Sohn handeln könne, doch als er kurz vor Beendigung seines irdischen Lebens auf einem Esel reitend in Jerusalem einzog, jubelten alle: Hosianna dem Sohn Davids!

Die Pharisäer brachte er in einem Gespräch in Verwirrung. Er wusste, dass sie es nicht ehrlich meinten, als sie zustimmten, der Christus sei ein Sohn Davids. Er fragte, wie das möglich sein könne, da David selbst ihn seinen Herrn genannt habe.

Jesus heilte am Sabbat und wurde deswegen angefeindet. Er erwiderte: „Des Menschen Sohn ist auch ein Herr über den Sabbat." Später sagte er jemandem, seine Sünden seien ihm vergeben. Darin sahen die Schriftgelehrten eine Gotteslästerung. Jesus rechtfertigte sich: „Des Menschen Sohn hat Vollmacht, auf Erden Sünden zu vergeben."

Als ihnen jemand aus der zuhörenden Menge nachfolgen wollte, antwortete er: „Die Füchse haben Gruben, die Vögel ihre Nester, aber der Menschensohn hat nichts, wo er sein Haupt hinlege."
Er erklärte seinen Nachfolgern, sie würden um seines Namens Willen gehasst werden und sollten später aus den Städten fliehen, in denen sie verfolgt

würden. Sie würden nicht alle Orte erreichen, bis der Menschensohn komme.

Im Gleichnis vom Unkraut im Acker schloss er seine Erklärung: „Des Menschen Sohn wird seine Engel senden. Sie werden aus seinem Reich aussortieren, die Ärgernis geben und Unrecht tun." Außerdem erwähnte er im Blick auf die Zukunft, der Menschensohn werde in Herrlichkeit kommen mit seinen Engeln und werde jedem vergelten nach seinen Werken.

Jesus meinte sich selbst. Schon bei der Erwählung der ersten Jünger sagte er, sie würden den Himmel offen sehen. Die Engel Gottes würden herabkommen auf des Menschen Sohn. Wie Mose in der Wüste die Schlange erhöht habe, so müsse des Menschen Sohn erhöht werden. Der Vater habe ihm die Macht gegeben, Gericht zu halten, weil er des Menschen Sohn sei. Einen von ihm Geheilten fragte er: „Glaubst du an des Menschen Sohn?" Auf dessen Gegenfrage, wer das sei, wies Jesus auf sich. Der Mann fiel vor ihm nieder.

Nachdem Jesus von Johannes, dem Täufer, im Jordan getauft worden war, sprach eine Stimme vom Himmel: „Dies ist mein lieber Sohn, an dem ich Wohlgefallen habe." Danach wurde Jesus in der Wüste von Satan mehrmals erfolglos versucht. Er begann mit den Worten: „Bist du Gottes Sohn, so sprich…" Jesus verwies ihn jedes Mal auf die Heiligen Schriften.

Später erkannten vom Teufel Besessene, denen Jesus begegnete, ihn sofort und schrien: „Was willst du von uns, du Sohn Gottes?"

Als Jesus Nathanael ansprach und dieser überrascht war, dass Jesus ihn kannte, antwortete er überwältigt: „Rabbi, du bist Gottes Sohn. Du bist der König von Israel."

Eines Tages fragte Jesus: „Wer sagen die Leute, dass des Menschen Sohn sei?" Einige hielten ihn für Elia, weil allgemeine Meinung war, der Prophet werde vor dem Ende der Zeit zurückkehren. Jesus antwortete, Elia sei schon gekommen, doch man habe nicht auf ihn gehört. Des Menschen Sohn werde leiden müssen. Er sei gekommen, selig zu machen. „Des Menschen Sohn ist nicht gekommen, sich dienen zu lassen, sondern dass er diene und gebe sein Leben zur Erlösung für viele."

Der Evangelist Markus berichtete, Jesus habe vorausgesagt, des Menschen Sohn werde viel leiden müssen und getötet werden, nach drei Tagen aber auferstehen. Wer sich seiner Worte schäme, dessen werde sich auch des Menschen Sohn schämen, wenn er komme in der Herrlichkeit seines Vaters. Jesus habe alle für selig erklärt, die von den Menschen gehasst und ausgestoßen werden um des Menschensohnes willen, ergänzte Lukas. Des Menschen Sohn sei nicht gekommen, der Menschen Seelen zu verderben, sondern zu erhalten. „Es wird die Zeit kommen, dass ihr werdet begehren zu sehen einen der Tage des Menschensohns, doch ihr werdet ihn nicht sehen."

Im Gespräch mit Nikodemus sagte Jesus. „Gott hat seinen Sohn nicht gesandt, um die Welt zu richten, sondern dass die Welt gerettet werde. Wer an ihn glaubt, wird nicht gerichtet, wer aber nicht glaubt, der ist schon gerichtet, weil er nicht an den Namen des Sohnes Gottes glaubte."

Über den Glauben und das ewige Leben sprach Jesus häufiger. Er sagte auch: „Die Toten werden die Stimme des Sohnes Gottes hören und die sie hören, die werden leben." Als Lazarus gestorben war und Jesus Martha fragte, ob sie an die Auferstehung glaube, antwortete sie: „Du bist der Christus, der Sohn Gottes."

Jesus kam zu seinen Jüngern im Sturm über das Wasser und sie fürchteten, ein Gespenst zu sehen. Dann erkannten sie: „Du bist Gottes Sohn." Als Jesus sie später fragte, für wen sie ihn hielten, antwortete Simon Petrus: „Du bist Christus, des lebendigen Gottes Sohn."

Nach dem Wunder der Brotvermehrung wollten die Menschen ihn zum Brotkönig machen. Jesus erklärte ihnen, sie sollten nicht vergängliche Speise begehren, sondern Speise für das ewige Leben, die des Menschen Sohn ihnen geben werde. „Werdet ihr nicht essen das Fleisch des Menschensohns und trinken sein Blut, so habt ihr kein Leben in euch." Das war natürlich nicht wörtlich gemeint.

Einige Griechen, die schon viel von ihm gehört hatten, suchten ihn. Da sagte Jesus zu seinen Jüngern: „Die Zeit ist gekommen, dass des Menschen Sohn verherrlicht werde." Nach dem letzten Abendmahl bestätigte er ihnen: „Nun ist des Menschen Sohn verherrlicht."

Als sie zum letzten Mal nach Jerusalem aufbrachen, sagte Jesus seinen Jüngern: „Es wird alles vollendet werden, was geschrieben ist von des Menschen Sohn." Er empfahl ihnen, wach zu bleiben und zu beten, um stark zu sein, der Welt zu entfliehen und zu stehen vor des Menschen Sohn."

Über die Endzeit sagte Jesus: „Es wird erscheinen das Zeichen des Menschensohns am Himmel und alle Geschlechter auf Erden werden kommen sehen des Menschen Sohn in den Wolken mit großer Kraft und Herrlichkeit, und alle Engel mit ihm. Dann wird er sitzen auf dem Thron seiner Herrlichkeit." Seinen Jüngern versprach er: „Wenn des Menschen Sohn wird sitzen auf dem Thron seiner Herrlichkeit, werdet auch ihr sitzen auf zwölf Thronen und richten die zwölf Stämme Israels."

Beim Verhör vor dem Hohenpriester fragte dieser: „Sage uns, ob du seist der Christus, der Sohn Gottes." Das war eine Fangfrage. Jesus antwortete: „Du sagst es. Nun wird geschehen, dass ihr sehen werdet des Menschen Sohn sitzen zur Rechten der Kraft und kommen in den Wolken des Himmels."

Als Begründung ihrer Forderung erklärten seine Ankläger Pilatus, nach ihrem Gesetz müsse Jesus sterben; denn er habe sich selbst zu Gottes Sohn gemacht. Nach seinem Tod am Kreuz stellte der Hauptmann erschrocken fest: „Wahrlich, dieser ist Gottes Sohn gewesen!" Vorher hatten sie ihn verspottet: „Bist du Gottes Sohn, so steig herab vom Kreuz."

Johannes schloss seinen Bericht über die Kreuzigung mit den Worten: „Dies wurde aufgeschrieben, damit ihr glaubt, Jesus ist der Sohn Gottes und durch den Glauben habt ihr das Leben in seinem Namen."

Der erste Märtyrer Stephanus wurde gesteinigt. Voll des Heiligen Geistes sah er gen Himmel und sprach: „Ich sehe den Himmel offen und des Menschen Sohn zur Rechten Gottes stehen."

Die Offenbarung des Johannes über die Endzeit beginnt mit einer Vision. Johannes hörte eine Stimme und sah sich um. Zwischen sieben Leuchtern war einer eines Menschen Sohn gleich. Der Engel, der ihm später Briefe diktierte, stellte voran: „Das sagt der Sohn Gottes." Das Buch mit den sieben Siegeln konnte nur der Löwe aus dem Stamm Juda, der Spross aus der Wurzel Davids, auftun.

Der Kämmerer aus Äthiopien wollte sich von Philippus taufen lassen. Auf die Frage nach seinem Glauben antwortete er: „Ich glaube, dass Jesus Christus Gottes Sohn ist."

Nachdem der Christenverfolger Saulus durch ein Erlebnis auf dem Weg nach Damaskus zur Umkehr gezwungen war, predigte er in den Synagogen von Jesus, dass dieser Gottes Sohn sei. Dies schrieb er später auch an die Gemeinde in Rom. Er war zum Apostel berufen, zu verkündigen das Evangelium von Jesus Christus, dem Fleisch nach geboren als Nachkomme Davids, nach dem Geist der Heiligkeit eingesetzt als Sohn Gottes in Macht seit der Auferstehung von den Toten. Den Korinthern schrieb er: „Der Sohn Gottes war nicht zugleich Ja und Nein. In ihm ist das Ja verwirklicht."

Den Galatern bestätigte Paulus: „Ich lebe, denn Christus lebt in mir. Ich lebe im Glauben an den Sohn Gottes." Den Ephesern schrieb er: „Dadurch soll der Leib Christi erbaut werden, dass wir alle zur Einheit des Glaubens kommen und der Erkenntnis des Sohnes Gottes."

Auch in den Briefen des Johannes ist dies ein wichtiges Thema: *Dazu ist erschienen der Sohn Gottes, dass er die Werke des Teufels zerstöre. Wer nun bekennt, dass*

Jesus Gottes Sohn ist, in dem bleibt Gott und er in Gott. Wer da glaubt an den Sohn Gottes, der hat solches Zeugnis in ihm.

Für den Schreiber des Briefs an die Hebräer haben wir einen Hohenpriester, Jesus, den Sohn Gottes. „Obwohl er Gottes Sohn war, hat er in dem, was er litt, Gehorsam gelernt. Es ist unmöglich, Menschen, die von diesem Glauben abgefallen sind, erneut zur Umkehr zu bringen. Sie haben für sich selbst den Sohn Gottes abermals gekreuzigt und verspottet. Meint ihr nicht, wer den Sohn Gottes mit Füßen tritt, verdient eine härtere Strafe als der, der das Gesetz Moses verwirft?"

Diese Aussage entspricht den Worten Jesu, die der Evangelist Lukas übermittelt: „Wer den Heiligen Geist lästert, dem wird es nicht vergeben werden."

DANKGEBET

Gott ist unser Vater durch seinen Sohn.

Das wusste er vor der Erschaffung schon.

Wie kann ich dich loben und preisen, Herr?

Mein Vater im Himmel, es ist oft schwer.

Wie leicht vergesse ich, was du getan.

Doch schaue ich mir mein Leben an,

kann ich nur mit Danksagung beten

und stumm anbetend vor dich treten.

Überall in der weiten Natur

kann ich erkennen Deine Spur.

Doch oft, was mich manchmal erschreckt,

ist sie von Menschenwerk verdeckt.

Gott, du hast meine Schuld vergeben,
mich nie verlassen in meinem Leben.
Barmherzig, gnädig und voller Güte
mich auch weiterhin behüte.

LEBEN UND TOD

Das Leben auf der Erde ist begrenzt und endet mit dem Tod. Wie lange es im Einzelfall dauert, ist sehr unterschiedlich. Leben und Tod gehören zum zeitlichen Dualismus, eingebunden in die Ewigkeit. Sie ist zeitlos wie Gott, also ohne Anfang und ohne Ende. Gegenpol von Gottes Allmacht ist die Entscheidungsfreiheit der Menschen.

Über die Entstehung des Lebens rätseln Wissenschaftler immer noch und experimentieren mit der Möglichkeit, künstlich Leben herzustellen. Geschaffen wurde eine digitale Welt. Doch Roboter und künstliche Intelligenz haben kein eigenes Leben. Sie sind von Menschen und aufbereiteter Energie abhängig, mehr als wir Menschen von Gott. Nur Gott kann Leben schaffen mit Fleisch und Blut. Das ist keine Frage der Religion, sondern Tatsache.

Die Sterblichkeit kam durch die Lüge in die Welt. Deshalb findet das Leben nun zeitgebunden in der Welt ohne Gottes sichtbare Anwesenheit statt. Der Zugang zum Baum des Lebens ist versperrt, doch nicht für immer. Tod und Teufel sind inzwischen besiegt.

Der lebendige Glaube an das Leben braucht keine dogmatischen Wegweiser. Wahrheiten zu hinterfragen ist erlaubt, Zweifel sind keine Sünde. Ansprechpartner in allen Fragen ist Gott allein, der das Leben ist.

Das Leben endet nicht, wenn die Seele den Körper verlässt. Hinter dem Kreuz beginnt die Ewigkeit. Das will der Mensch nicht glauben, doch er fürchtet den Tod. Unbewusst weiss er, dass es danach ohne Gott schrecklich ist. Er möchte deshalb das irdische

Leben unendlich verlängern und selbst nach eigenen Wünschen erschaffen und gestalten.

Bei Tieren ist es im Februar 1997 gelungen, ein Schaf aus einer weitergezüchteten Zelle zu klonen. Inzwischen lässt sich das Erbgut nicht nur kopieren, sondern auch verändern. Auf diese Weise Menschen herzustellen, ist aus ethischen Gründen verboten. Der Tod wäre damit nicht besiegt.

Ein Forscher hoffte, den Tod ausschalten zu können, wenn er ein Mittel fände, ewig jung zu bleiben. Inzwischen ist er 85 Jahre alt und möchte auf keinen Fall als Leiche enden. Er wünscht sich, dass sein Blut kurz vor seinem Tod durch ein medizinisches Frostschutzmittel ersetzt und sein Körper bei − 196° in flüssigem Stickstoff eingefroren wird. Das nennt man Kryonik oder Biostase. Er ist überzeugt, irgendwann kommt die Zeit, dass die Pille für das ewige Leben auf Erden gefunden wird. Dann möchte er wieder aufgetaut werden. Dass es nicht funktionieren könnte, glaubt er nicht. Kryokonservierung wird schließlich schon seit einiger Zeit bei Spermien, Eizellen und Embryos angewandt.

Den Traum vom ewigen Leben haben Menschen seit sie auf der Erde leben. Es ist die Erinnerung an das Paradies. Dorthin zurück gibt es nur einen Weg: Jesus Christus sagte: „Ich bin der Weg, die Wahrheit und das Leben."

Man versucht, schwerkranke und alte Menschen möglichst lange künstlich am Sterben zu hindern und streitet um das Recht der Selbstbestimmung. Das Bundesverfassungsgericht hat im Jahr 2020 entschieden, jeder Mensch hat das Recht, über seinen Tod zu entscheiden. Er darf auch Maßnahmen ablehnen, die das Leben verlängern sollen. Verboten ist, aktive Sterbehilfe zu leisten. Darüber wird nun gestritten. Wann entspricht die Entscheidung eines Kranken tatsächlich seinem freien Willen, wenn es vielleicht noch eine Heilung geben könnte? Wann macht sich ein Arzt strafbar?

Gott hat die Menschheit nie aufgegeben. Er griff immer wieder ein. Er berief Abraham, um mit ihm ein Volk als Vorbild für alle anderen zu gründen. Er gab ihnen Richtlinien für das Zusammenleben und versprach ihnen ein langes Leben auf der Erde, wenn sie ihre Wurzeln nicht vergessen würden. Gott blieb unsichtbar, wollte aber immer bei ihnen sein.

Mose wies das Volk auf die Wichtigkeit der Gebote hin und sagte ihnen, dass sie wählen könnten: das Leben und das Gute oder den Tod mit dem Bösen. Diese Wahl hat der Mensch immer noch, mit dem ewigen Gott zu leben oder ohne ihn mit bösen Folgen zu sterben.

Mose ermahnte das Volk, die Gesetze auch den Nachkommen einzuprägen, damit sie ein langes, glückliches Leben hätten. Fleisch sollten sie nie blutig essen, da das Leben im Blut sei. Er dachte an die Geschichte, als Gott alle Erstgeburten in Ägypten tötete, nur bei den Israeliten nicht. Ihnen hatte er aufgetragen, als letzte Mahlzeit in Ägypten Lämmer zu schlachten und zu braten und mit dem Blut die Türpfosten der Häuser zu bestreichen. Das sollte das Zeichen für den Todesengel sein, vorüber zu gehen.

Nicht nur für die Israeliten, auch für Christen ist Blut ein Zeichen für das Leben. Jesu teures Blut wurde für uns vergossen, uns Gottes Gerechtigkeit als Eintrittskarte ins ewige Leben bei Gott zu erkaufen. Wie das Volk Israel mit der Bundeslade durch den Jordan ins gelobte Land gelangte, so bringt uns Jesus durch den Fluss des Todes zurück ins Paradies.

Jesus war Jude, doch nicht als irdischer König seines Volkes geboren, sondern um für alle Menschen in der Welt das Tor zum Paradies zu öffnen. Er musste alle Voraussagen über ihn erfüllen. Der Stein, den die Bauleute verwarfen, musste zum Eckstein des neuen Weltreichs Gottes werden.

Mose versuchte immer wieder, den Israeliten klar zu machen: Es gibt nur einen lebendigen Gott, „den sollst du lieben mit ganzem Herzen, mit ganzer Seele und mit ganzer Kraft…. Er hat dich erkennen lassen, dass der Mensch nicht nur vom Brot lebt, sondern von allem, was der Mund des Herrn spricht." Deshalb fordert Gott, ihn zu fürchten, auf seinen Wegen zu gehen, ihn zu lieben und ihm zu dienen.

Hiob erkannte in all seinem Leiden, dass Gott die Seele aller Lebenden in seiner Hand hält, nicht nur in der kurzen Zeit, die der Mensch auf der Erde lebt. Er war überzeugt, dass sein Erlöser lebt. Die Auferstehung der Toten erwartete auch Jesaja.

Der menschliche Körper verwest, wenn er gestorben ist. Das Leben, die unsterbliche Seele, kehrt zurück in die Ewigkeit zu Gott oder in die Gottesferne. Das wichtigste Gebot ist, Gott mit ganzer Seele zu lieben; denn er kam in Jesus in die Welt, um die Seelen aller Menschen zu retten. Ohne ihn gibt es kein Zurück in die ewige Heimat.

Der Apostel Paulus wies seine Leser ausdrücklich darauf hin, dass der Gerechte nur aus Glauben leben könne. Das bedeutet, Christus muss in uns leben. Dann sind wir im Leben und im Tod in Gottes Gegenwart.

Das höchste christliche Fest ist Ostern, die Vollendung der Rettungstat Jesu. Jedes Jahr wird seine Passion als Fastenzeit begangen. Am Palmsonntag wird gejubelt, am Karfreitag still getrauert und Ostern fröhlich gefeiert. Die Wenigsten denken an die Bedeutung. Frühling und Ostereier sind wichtiger.

Auch die Jünger Jesu verstanden ihren Meister und was geschah nicht, obwohl sie drei Jahre lang mit ihm verbrachten und er über alles mit ihnen sprach.

Sie erkannten ihn zwar als Sohn Davids, auch als Sohn Gottes, doch das konnte nur die Herrschaft über das Volk Israel bedeuten. Alle warteten darauf, dass der Messias als König die Römer vertreiben würde. Als Jesus auf einem Esel in Jerusalem einritt, jubelte das Volk dem neuen König zu.

Judas, einer der 12 engsten Freunde Jesu, ging davon aus, es werde einen Kampf gegen die Römer geben. Gottes himmlische Krieger würden erscheinen, wenn Jesus in Gefahr geriet. Also musste dies provoziert werden. Judas war dazu bereit, doch wann war der richtige Zeitpunkt?

Im Jüngerkreis war Judas für die Spendengelder verantwortlich. Für den Kampf hatte er schon heimlich etwas zurückgelegt. Die andern hielten ihn für einen Dieb. Als Maria, die Schwester von Martha und Lazarus, Jesus teures Salböl auf den Kopf goss, bemerkte er, das Geld für das Öl hätte besser für Arme verwandt werden sollen. Jesus nahm Maria in Schutz und sagte, sie habe ihn für seinen bevorstehenden Tod gesalbt.

Das verstand Judas nicht, doch irgendetwas trieb ihn an. Er ging zum Hohen Rat und fragte, was man für die Auslieferung Jesu zahlen würde. Diese Idee war ihm von Satan eingegeben worden. Jesus hatte schon mehrmals darauf hingewiesen und sagte es auch, als er ihnen am letzten Abend die Füße wusch: Ihr seid nicht alle rein.

Kurz vorher im Gebet für seine Nachfolger ging Jesus davon aus, er habe einen der Zwölf verloren, damit die Schrift erfüllt werde. Beim letzten gemeinsamen Abendessen erwähnte er, einer, der mit ihm das Brot in die Schüssel tunke, werde ihn verraten. Als alle fragten: „Bin ich es?", antwortete er an Judas gewandt: *Du sagst es. Was du tun willst, tue bald.* Damit fand Judas bestätigt, richtig gedacht zu haben, und ging in die Nacht hinaus.

Menschen, die in Gottes Plan für etwas Bestimmtes vorgesehen sind, behalten ihren eigenen Willen. Auch Jesus hätte sich gegen die Kreuzigung entscheiden können. Doch er unterstellte sich trotz seiner Angst in seinem letzten Gebet im Garten Gethsemane dem Willen seines Vaters, um den Feind zu besiegen.

Als die Truppen in den Garten kamen, verriet Judas ihnen den Gesuchten mit einem Kuss. Jesus war nicht überrascht und Judas war überzeugt, einvernehmlich mit ihm zu handeln. Der Judaskuss gilt fälschlich als geheuchelt. Judas war es sehr ernst, seinem Freund seine absolute Treue zu bestätigen. Jesus wusste das und sah in ihm den irregeleiteten Freund. Er war vorherbestimmt als Köder in der Falle für Satan

Judas gilt noch heute als Verräter, der nun in der Hölle schmort. Auch sein Volk wurde und wird leider immer noch als Christusmörder verunglimpft. So haben es damals seine Freunde und auch die ersten Christen gesehen, als ihnen der Zusammenhang noch nicht klar war.

Es würde bedeuten, Gott hätte sein Versprechen an Abraham gebrochen. Doch das ist nicht möglich. Gottes Plan gilt der Rettung der ganzen Menschheit. Judas sah keinen Ausweg, als er bei der Kreuzigung seinen Irrtum erkannte. Er hängte sich verzweifelt an einem Baum auf. Lukas erzählt, Judas' Körper stürzte auf den Acker, der von den 30 Denar gekauft wurde, die man ihm für den Verrat gezahlt hatte. Sein Leib brach dabei auseinander.

Jeder, der es hörte, ging davon aus, er starb gottverlassen. Auch Jesus war in diesem Moment am Kreuz von Gott verlassen. Aber das war nicht das Ende.

Petrus, der seinen Freund Jesus aus Angst verleugnet hatte, erfuhr nach dessen Auferstehung Vergebung. In seinem ersten Brief schrieb er von der lebendigen

Hoffnung, die wir durch Jesus Christus haben. Sie setzt allein auf die Gnade, durch die wir losgekauft wurden mit dem kostbaren Blut Christi, des Lammes Gottes.

Er erinnerte sich, dass Jesus sagte, auch die Toten würden seine Stimme hören und leben, und erklärte seinen Lesern, Jesus habe die frohe Botschaft zu den gefangenen Geistern im Totenreich gebracht. Auch sie sollten die Chance haben, gerettet zu werden.

Jesus hat in seinem Tod alle befreit, die ihm glaubten, selbstverständlich auch seinen Freund Judas. Dessen verzweifelte Reue war ebenso wenig vergessen wie die Bitte des mit Jesus gekreuzigten Verbrechers. Gottes Plan gilt für alle seine Kinder, die sich nicht bewusst gegen ihn entscheiden, ihre Schuld bereuen und das göttliche Geschenk in Jesus annehmen.

DER EWIGE

Ob Tag oder Nacht,

der Ewige wacht

an jedem Ort;

denn er ist das Wort,

durch das alles entstand:

das Meer und das Land,

Weltall und Erde,

durch das Wort: Es werde!

> Er erschuf auch die Zeit
>
> außerhalb der Ewigkeit.
>
> Er sorgte dafür,
>
> dass geöffnet ist die Tür,
>
> für sein geliebtes Kind,
>
> damit es nach Hause find't
>
> in die ewige Ruh.
>
> Dieses Kind bist Du!

TEMPEL GOTTES

Seit dem 4. Jahrhundert wetteiferten christliche Kaiser darum, große und prächtige Kirchen zur Ehre Gottes zu bauen. Noch heute bewundern wir Kathedralen und Dome, aber auch schöne alte Kirchen in Städten und Dörfern. Das Wort Kirche bedeutet Haus des Herrn. Früher und in anderen Religionen wurden und werden Gotteshäuser auch Tempel genannt. Bei den Juden gibt es zur Ehre und Anbetung des einzigen Gottes Synagogen, im Islam Moscheen.

Gott hat nichts dagegen, Anbetungsstätten auf der Erde zu haben, obwohl er allgegenwärtig ist. Als Jakob vor seinem Bruder floh, sah er im Traum eine Treppe zum Himmel, auf der Gott stand und zu ihm redete. Voller Ehrfurcht sprach er nach dem Erwachen: „Wie heilig ist diese Stätte. Hier ist nichts anderes als Gottes Haus, die Pforte des Himmels", und er errichtete einen Stein zum Gedenken.

Nach der Befreiung des Volkes Israel aus der Knechtschaft in Ägypten bat Gott Mose um ein Heiligtum, in dem er unter ihnen wohnen werde. Gott gab genaue Anweisungen zur Herstellung eines besonders schönen Zeltes für die Aufbewahrung der Gesetzestafeln in einer Lade aus Akazienholz, mit Gold beschlagen und mit Tragestangen. Als alles fertiggestellt war, erfüllte die Herrlichkeit des Herrn die Stiftshütte wie eine Wolke, die sie auf der weiteren Wanderschaft schützte. Gott bestätigte dem Volk immer wieder, dass er in ihrer Mitte wohnen wolle. Er wählte den Stamm Levi zum Dienst und zur Pflege aller heiligen Gegenstände im heiligen Gotteszelt.

Nachdem das Volk ein eigenes Land erobert hatte, zerstörten sie die Kultstätten für die heidnischen Götter, denn es durfte nur das Heiligtum des einzig wahren Gottes geben, das sie an Gottes Gegenwart und Führung erinnern sollte.

Nachdem der Hirtenjunge David König von Israel geworden war und ein wunderschönes Haus in Jerusalem bezogen hatte, dachte er auch an Gott. Er fand es nicht richtig, dass die Lade Gottes in einem Zelt untergebracht war, und wollte einen Tempel errichten. Da ließ Gott ihm durch den Propheten Natan sagen, er habe in keinem Haus gewohnt seit dem Tag, da er die Kinder Israel aus Ägypten führte, sondern sei mit ihnen umhergezogen in einem Zelt. Nicht David solle ihm ein Haus bauen, sondern sein Sohn als Bestätigung seines Königsthrons.

Es war dann König Salomo, der den Tempel errichten ließ. Nach sieben Jahren Bauzeit wurde er vollendet. Bei der Einweihungsfeier erfüllte die Herrlichkeit des Herrn als Wolke das Gebäude. Der König hielt eine Rede, in der er sagte, er habe ein Haus gebaut zur Wohnung Gottes, eine Stätte, da er ewig wohne. Doch dann fragte er: „Sollte Gott wirklich auf Erden wohnen? Siehe, der Himmel und aller Himmel Himmel können dich nicht fassen. Wie sollte es denn dies Haus tun, das ich gebaut habe?"

In den Psalmen, von denen die meisten von König David stammen, wird Gott gelobt, der im Himmel wohnt. David dachte auch an den Tempel, den er gern für Gott gebaut hätte, um dort anzubeten. Er wünschte sich, im Hause des Herrn immer bleiben zu dürfen. Er hatte lieb die Stätte des Hauses Gottes und den Ort, da seine Ehre wohnt. Er hob seine Hände auf und sprach: „Lass mich wohnen in deinem Zelt ewiglich und Zuflucht haben unter deinen Fittichen."

David sah aber auch mit Schrecken voraus: „Sie verbrennen dein Heiligtum. Bis auf den Grund entweihen sie die Wohnung deines Namens. Heiden haben deinen heiligen Tempel entweiht."

Der Prophet Jesaja erkannte: „Viele Völker werden sagen: Kommt, lasst uns auf den Berg des Herrn gehen, zum Hause des Gottes Jakobs, dass er uns lehre seine Wege und wir wandeln auf seinen Steigen. Denn von Zion wird Weisung ausgehen und des Herrn Wort zu Jerusalem. Ich sah den Herrn sitzen auf einem hohen und erhabenen Thron, und sein Saum füllte den Tempel. Die Stätte, da er wohnt, wird herrlich sein. Sein Haus wird ein Bethaus heißen für alle Völker." Gott sprach durch Jesaja: „Der Himmel ist mein Thron und die Erde der Schemel meiner Füße. Was ist das für ein Haus, das ihr mir bauen könntet, oder welches ist die Stätte, da ich ruhen sollte?"

Der Evangelist Lukas berief sich später auf Jesaja und führte in der Apostelgeschichte aus, der Allerhöchste wohne nicht in Tempeln, die mit Händen gemacht sind, und der Apostel Paulus schrieb in seinen Briefen: *Ihr seid nicht fleischlich, sondern geistlich, wenn Gottes Geist in euch wohnt. Wisset ihr nicht, dass euer Leib ein Tempel des heiligen Geistes ist, den ihr von Gott habt? Ihr seid nicht euer eigen. Wenn unser irdisches Haus, diese Hütte, zerbrochen wird, haben wir einen Bau von Gott erbaut, ein Haus, nicht mit Händen gemacht, das ewig ist im Himmel. Auf dem Fundament, auf dem der ganze Bau ineinandergefügt wächst zu einem heiligen Tempel in dem Herrn, werdet ihr miterbaut zu einer Behausung Gottes im Geist. Christus wohne durch den Glauben in euren Herzen. Lasset das Wort Christi reichlich wohnen in euch.*

Die Tempelfrage hat eine dreifache Bedeutung. Neben dem Gebäude, gelten der Menschensohn und die Herzen aller Gläubigen als Tempel. Gott ist überall und will in seinem Sohn angebetet werden. Sein Geist soll in den Herzen der Menschen wirken. Diese Entscheidung traf Gott, als er am Karfreitag den Vorhang vor dem Allerheiligsten im Tempel von oben nach unten zerriss.

Als Jesus in seinen letzten Lebenstagen die Händler und Geldwechsler zum Tempel hinaustrieb, rief er: „Macht nicht meines Vaters Haus zum Kaufhaus. Mein Haus soll ein Bethaus sein". Seine Jünger dachten an das Psalmwort: *Der Eifer um dein Haus hat mich gefressen.*

Den Pharisäern, die ihn daraufhin angriffen, antwortete er: „Hier ist Größeres als der Tempel." Er forderte sie heraus: „Reißt diesen Tempel ab. Ich werde ihn in drei Tagen neu errichten." Natürlich erntete er Hass und Empörung, denn niemand begriff, dass er von sich selbst sprach. Er ist der neue Tempel Gottes. In ihm allein ist Gott anzubeten.

Jeder Christ ist ein lebendiger Baustein und gleichzeitig ein Tempel des Heiligen Geistes. Aus all diesen lebendigen Steinen will der Heilige Geist die Stadt Gottes bauen. Wer überwindet, werde zum Pfeiler im Tempel Gottes, schrieb Johannes in seiner Endzeitvision. Er sah, wie der Tempel Gottes im

Himmel aufgetan wurde und Gottes Zelt zu den Menschen kam. Gott wird bei ihnen wohnen und alle werden sein Volk sein in der ewigen Stadt. Einen Tempel gibt es dann nicht mehr. Der allmächtige Gott ist selbst ihr Tempel.

GOTTES WOHNUNG

Gottes Haus ist groß und weit.

Es ist nicht aus Stein gebaut.

Es steht in der Ewigkeit

für alle, die dem Herrn vertraut.

Menschen haben viel erdacht,

Häuser gebaut in Prunk und Pracht,

taten es zu Gottes Ehr'.

Doch sie stehen meistens leer.

Gott wohnt nicht zwischen diesen Mauern.

Er thront über Raum und Zeit.

Ob wir feiern oder trauern,

wo wir auch sind, er ist bereit.

Nicht unendlich ist Gottes Geduld,

zu vergeben unsere Schuld.

Ist die Gnadenzeit vorbei,

hört die Welt nur Höllengeschrei.

ANFANG UND ENDE SCHLIEßEN DEN KREIS

Für Gott hat die Zeit eine andere Dimension als für uns Menschen. Er lebt in der Ewigkeit. Die sechs Entwicklungsabschnitte im biblischen Schöpfungsbericht fanden überwiegend in der Zeitlosigkeit statt. Deshalb wird die Geschichte angezweifelt. Unser Planet und das Sonnensystem sind nach unserer Zeitrechnung Millionen Jahre alt und einschließlich aller Lebewesen nicht in einer Woche entstanden. Seit dem Urknall waren es vermutlich sogar Milliarden Jahre.

Für unser Leben spielt das aber keine Rolle. Wann der irdische Lebenskreis sich schließt und in die Ewigkeit zurückkehrt, entzieht sich ebenfalls unseren Berechnungen. „Am Anfang war das Wort", begann Johannes sein Evangelium und benutzte die Bildersprache der Heiligen Schrift. Am Ende wird Gott bei den Menschen wohnen, erkannte er in der Endzeitvision.

Als Jesu Jünger den Prachtbau des Tempels in Jerusalem bewunderten, stimmte er ihnen zu, ließ sie aber wissen, es werde kein Stein auf dem anderen bleiben. Alles werde niedergerissen. Für die Jünger war das gleichzusetzen mit dem Ende aller Zeiten, denn Jerusalem mit dem Tempel war für sie der Mittelpunkt der Welt mit dem Thron Gottes im Allerheiligsten. Erschrocken fragten sie nach den Vorzeichen für den Weltuntergang.

Jesus beantwortete ihre Frage zunächst auf die Zerstörung des Tempels bezogen. Viele von ihnen würden es noch erleben, doch das sei nicht das Ende der Welt. Der Tempel sei in der Vergangenheit schon mehrfach geschändet und zerstört worden. Er sagte den Angriff der Römer im Jahre 70 unserer Zeitrechnung voraus und empfahl: Wer vom Kriegsgeschrei höre, solle alles stehen und liegen lassen und sofort die Flucht ergreifen. Die Mauern Jerusalems würden den Feind nicht aufhalten. Üblicherweise floh die Landbevölkerung in Kriegszeiten in befestigte Städte, wo man sich Schutz erhoffte. Davor warnte Jesus seine Nachfolger.

Dann ging er aber auch auf die Frage seiner Jünger ein. Was Jesaja vorausgesagt habe, gelte für die ganze Welt. Es werde überall schreckliche Kriege, Erdbeben, Hungersnöte, Epidemien und Verfolgung geben. Falsche Propheten würden versuchen, seine Nachfolger vom rechten Weg abzubringen. Doch Gott werde seinem Plan entsprechend seine Kinder rechtzeitig retten. Den Zeitpunkt für das Ende kenne Gott allein.

Wie Jesus bei seiner Himmelfahrt verschwand, wird er am Ende der Zeit wieder erscheinen, teilten Engel den Jüngern mit, die verwirrt zum Himmel blickten, als sie ihren Herrn plötzlich nicht mehr sahen. Sie verstanden nicht, was geschehen war. Der göttlichen Botschaft glaubten sie entnehmen zu können, Jesus werde zu ihren Lebzeiten zurückkommen, um auf der ganzen Welt zu herrschen.

Petrus und alle anderen hatten diese Naherwartung. Von Jesus wurde ihm angedeutet, er werde als Märtyrer sterben. In seinem Brief schreibt er: „Ich weiss, dass ich meine Hütte bald verlassen muss, wie mir unser Herr Jesus Christus kundgetan hat. Es ist Zeit, dass anfange das Gericht am Hause Gottes. Wir warten eines neuen Himmels und einer neuen Erde nach seiner Verheißung, in welcher Gerechtigkeit wohnt."

Im Brief an die Hebräer wird Christus Hoherpriester der zukünftigen Güter genannt, der durch das größere und vollkommenere Zelt gegangen ist, das nicht mit Händen gemacht wurde, ein Hoherpriester im Haus Gottes.

Johannes lebte von allen Aposteln am längsten. Er war zeitweise auf die Insel Patmos verbannt und kannte die Verfolgungssituation der Christen. Da hatte er wie Daniel eine Vision über die Endzeit und sah den Menschensohn.

Es war ein Sonntag, als Johannes von einer gewaltigen Stimme hinter sich aufgefordert wurde, alles aufzuschreiben, was er hören und sehen werde, und es an sieben namentlich genannte Gemeinden zu schicken. Johannes drehte sich um und sah sieben goldene Leuchter, mitten unter ihnen eine Gestalt mit sieben Sternen in der Hand, Das Bild war so strahlend hell, dass er geblendet davor wie tot niederfiel. Da legte das göttliche Wesen seine rechte Hand auf Johannes und stellte sich vor: „Ich bin der Erste und der Letzte, der Lebendige, der tot war, und habe die Schlüssel zum Totenreich. Die Ereignisse, die geschehen werden, sind das Geheimnis der sieben Sterne und der sieben Leuchter. Es sind die sieben Engel der sieben Gemeinden."

Sieben ist die allumfassende Zahl der Endgültigkeit und dominiert die Offenbarung. Die sieben Gemeinden stehen für die ganze Welt. Johannes sah die sieben Geister Gottes als Fackeln und das Buch mit sieben Siegeln, das nur das geschlachtete Lamm mit sieben Hörnern und sieben Augen öffnen konnte. Nach dem Bruch jeden Siegels gab es auf der Erde schreckliche Katastrophen. Später erschienen sieben Engel mit sieben Posaunen und sieben Engel mit sieben Schalen des Zornes Gottes. Alle brachten Unheil über die Welt.

Was die sieben Donner verkündeten, durfte Johannes nicht aufschreiben. Er musste ein kleines Buch essen, das wie Honig schmeckte, ihm aber Bauchschmerzen bereitete. 144 000 Menschen, aus jedem Stamm Israels 12 000, wurde das Siegel Gottes auf die Stirn gedrückt. Später sangen sie ein Lied, das außer ihnen niemand lernen konnte. Auch zwölf ist eine Zahl der Vollkommenheit.

Zwischen Auferstehung und Himmelfahrt hatte Jesus die endgültige Vollendung des Planes Gottes durch sich selbst geoffenbart, als er die Jünger ein letztes Mal fischen schickte. Sie fingen 153 große Fische, also 12 x 12 + 3 x 3, jeweils die menschliche und die göttliche Vollzahl mit sich selbst multipliziert. Niemand verstand den Hinweis auf die himmlische Vollkommenheit.

Ebenso unverständlich bleibt uns die Vision des Johannes. Er sah weitere Zahlen wie 3 ½ Jahre und 42 Monate, also jeweils die Hälfte von sieben Jahren. Vor der endgültigen letzten Schlacht aller Völker soll es tausend Jahre geben, in denen Satan gefesselt weggesperrt wird. In dieser Zeit regieren die auferstandenen Märtyrer gemeinsam mit Jesus. Das endgültige Gericht und der Neuanfang mit Gottes Alleinherrschaft folgen erst nach Satans Freilassung und der letzten Schlacht auf der Erde. Alle genannten Zahlen haben Symbolcharakter. Man kann mit ihnen nicht rechnen.

Johannes durfte einen Blick in den Thronsaal Gottes werfen, in dem sich auch 24 Älteste befanden. Eine weiß gekleidete riesige Menschenmenge aus allen Völkern und Nationen mit Palmzweigen in den Händen erschien und lobte Gott mit lauter Stimme. Ein Ältester erklärte Johannes, dies seien die auf der Erde verfolgten Christen, die ihre Kleider im Blut des Lammes gewaschen hätten.

Die kommenden Ereignisse sah Johannes wie in einem Film mit Vor- und Rückblenden. Er hörte Jubelrufe und Lobeshymnen für Gott aus dem Himmel und Weh- und Angstgeschrei, Kriegslärm und gotteslästerliches Fluchen von der Erde, dazwischen einige erklärende Worte für ihn.

Er sah ein Tier mit sieben gekrönten Häuptern und erfuhr, die Häupter seien Könige, die es nicht mehr seien, von denen einer zur Zeit sei, der andere werde kurz erscheinen. Das Untier sei der achte und doch einer von den sieben, der gewesen sei, jetzt nicht sei, aber wiederkehren werde, um seinem Untergang zuzusteuern. Eine sehr verwirrende Auskunft.

Natürlich kannte Johannes keinen Film, überhaupt gar nichts, was für uns selbstverständlich ist. Die Nutzbarkeit der vielfältigen göttlichen Ressourcen war von den Menschen noch nicht entdeckt worden. Es gab keinen elektrischen Strom, keine Kraftfahrzeuge, weder Telefon noch Fernsehen und schon gar nicht das Internet und die digitale Welt.

Auch die heutigen Kriegswaffen wie Bomben, Raketen, Drohnen, ABC und anderes konnte er sich nicht vorstellen und folglich in dem, was er sah, nicht erkennen. So haben auch wir Schwierigkeiten mit seinen Bildern.

Johannes sah ein Tier wie ein Lamm mit zwei Hörnern, das wie ein Drache redete. Es ließ ein sprechendes Bild herstellen, das Gott lästerte. Alle sollten es anbeten. Es tat Zeichen und Wunder und niemand sollte mehr etwas kaufen oder verkaufen dürfen ohne das Zeichen des Tiers. Es war die menschliche Zahl eines Namens, nämlich 666. Im hebräischen Alphabet entspricht die Sechs dem Buchstaben w. Kommt uns das bekannt vor? Dass die Zahl verdreifacht war, macht sie nicht heilig. Es ist also der Missbrauch des Namens Gottes. In der Vision war der Abfall der Menschen von Gott und ihre Götzenverehrung allgegenwärtig. Die schlimmsten Plagen brachten sie nicht zur Einsicht.

Johannes erkannte, dass er den Christen Mut machen sollte, den Glauben an den einzig wahren Gott nicht zu verlieren. Noch ist Gnadenzeit. Solange es Leben auf der Erde gibt, hat der Mensch die Möglichkeit, sich zu entscheiden. Wenn Gottes Langmut zu Ende ist, kommt sein Gericht. Dann ist es zu spät für eine

Hinwendung zu Gott. Das Ende wird ein Schrecken für die Welt sein.

Alle, die sich während ihres Lebens an Jesus gehalten und ihm vertraut haben, brauchen sich nicht zu fürchten. Sie können sich freuen und mit Jesus in die Herrlichkeit Gottes einziehen. Auch das sah Johannes und hörte die Seligsprechung der Toten, die mit Jesus lebten und starben.

Wer treu bleibt bis zum Ende, wird die Krone des Lebens erhalten. Gottes Wort allein hat in Ewigkeit Bestand. Er ist das Alpha und das Omega, der da ist und der da war und der kommen wird, der Herrscher über die ganze Schöpfung, auch auf einer neuen Erde.

UNSERE WELT

Um unsere schon sehr alte Welt

ist es nicht sehr gut bestellt.

Sie rollt zwar noch auf ihrer Bahn,

doch sie zerschellt, eh sie kommt an.

Nur zeitlich ist das Menschenleben.

Doch bis zuletzt wird es Menschen geben.

Wohin sind die Generationen gegangen?

Wohin werden die Letzten gelangen?

Als der Vorhang im Tempel zerriss,

da drang es herein durch den Riss

das ewige Licht in die Finsternis

für einen Moment. Das ist gewiss.

Wie lang es noch dauert, wissen wir nicht.

Gott schickte uns ein ewiges Licht.

Wer es erkennt und sich zu ihm hält,

dem kann egal sein das Ende der Welt.

Bisher erschienen im BoD-Verlag von Brigitte Welters

2023 <u>Wenn der Hahn … - Alltagslyrik im Höhenflug</u> (ISBN: 978-3-7583-1398-1)

Die Autorin schrieb ihre Gedanken nicht nur in Prosa auf, auch unzählige Gedichte entstanden im Laufe der Zeit. Einige wurden in die Bücher eingestreut. Nun werden hier weitere in buntem Durcheinander der Öffentlichkeit zugänglich gemacht.

2023 <u>Suche nach den Wurzeln</u> (ISBN: 978-3-7578-4509-4)

Ron wird von der Jugendsünde mit seiner ersten Liebe eingeholt und eine Großfamilie findet zusammen. Die Wurzel des Lebens ist Erkenntnis. Alle Menschen sind verschieden mit unterschiedlichen Fähigkeiten, aber alle sind gleichwertig.

2023 <u>NA DAL JA - In der Ferne bin ich</u> (ISBN: 978-3-7578-0326-1)

Ein Traum erinnerte die Autorin an eigene Erfahrungen mit Ferne, Fremde und Heimweh.

Viele Menschen sind auch unterwegs, weil das Fernweh ruft. Der Urlaub wird weit weg in fremden Ländern verbracht. Daran dachte Brigitte Welters ebenfalls und schrieb über ihre Reiseerlebnisse in Florida, Leningrad, Namibia ...

2022 <u>Mütter vieler Völker - Ohne Frauen geht nichts</u> (ISBN: 978-3-7568-3225-5)

Hier geht es um die Entstehung der Völker und Gottes Liebe. Grundlage der Schöpfung ist die Mathematik. Der Mensch als Teil der Natur ist Gott ähnlich durch Sprache, Verstand und Freiheit. Die Herrschaft des Mannes ohne Beteiligung von Frauen ist nicht von Gott gewollt. Ohne Frauen geht nichts.

2022 <u>Maria und das Einhorn - Begegnung im Jenseits - ein religiöses Märchen aus christlicher Sicht</u> (ISBN: 978-3-7543-7387-3)

Maria war ein jüdisches Mädchen, das vor mehr als 2000 Jahren lebte. Sie wurde von Gott auserwählt, seinen Sohn zu gebären, in dem er selbst Mensch wurde. Das Einhorn ist ein Geistwesen und galt in der mittelalterlichen Kirche als Symbol der Keuschheit. Es begegnet Maria im Himmel.